개와 함께한
10만 시간

개와 함께한 10만 시간

엘리자베스 마셜 토머스 지음 | 정영문 옮김

개들이 진정으로 원하는 삶은 무엇인가

해나무

개에 관한 책으로 이보다 훌륭한 것은 없다

-최재천*

이 책은 내게 아주 각별하다. 우선 책의 저자인 엘리자베스 마셜 토머스와는 서로 안면이 있는 사이다. 하버드 대학에 유학하던 시절 몇 번 만난 적이 있다. 하버드 대학 주변에는 졸업하고도 그 동네를 떠나지 못하고 어영부영 눌러앉는 사람들이 종종 있다. 이 책의 저자도 이를테면 그런 사람들 가운데 하나였다. 저자는 일찍이 아프리카 칼라하리 사막의 부시먼에 대한 탁월한 현장 연구로 하버드 대학 인류학과에서 박사 학위

* 이화여대 에코과학부 석좌교수, 생명다양성재단 대표

를 받았다. 하지만 그 후 다른 지방의 대학으로 옮겨 교편을 잡기보다 케임브리지에 남아 글 쓰며 지내는 걸 택했다. 그러다가 우연히 개들에 대한 또 하나의 멋진 현장 연구를 하게 된 것이다.

나는 인류학과나 생물학과 모임에서 그를 만나 두어 번 짤막한 대화를 나눈 적이 있다. 그 덕에 길에서 마주치면 서로 간단한 인사쯤은 하고 지내는 사이가 되었다. 그 당시에는 그가 개들에 관해 연구하고 있는 줄은 몰랐다. 하지만 지나고 생각하니 그의 곁에는 늘 늠름하게 잘생긴 시베리아 허스키 한 마리가 있었다. 필시 이 책의 주인공 미샤였을 것이다. 허스키는 내가 세상에서 제일 좋아하는 개다.

하버드 대학 근처 케임브리지에 살던 어느 날 평소 알고 지내던 미국 친구가 학회에 다녀온다며 자기 개를 며칠만 맡아줄 수 있느냐고 물었다. 나는 단 1초도 머뭇거리지 않고 그러겠노라 대답했다. 이름이 라이카인 그 개가 허스키였기 때문이다. 다음 날 저녁 라이카가 우리 집 현관에 나타났을 때 나는 그를 미처 알아보지 못했다. 그날 오후 털이 짧게 깎인 라이카는 무척 달라 보였다. 라이카도 자신의 변한 모습이 생경했던 모양이다. 우리 집 현관 거울에 비친 어떤 날씬한 개의 모습을 흘끔 쳐다보곤 이내 신음을 내며 집 안으로 사라져버렸다. 장난삼아 연신 거울을 코앞에 들이대려는 우리의 짓궂음에 라이카는 무척 곤혹스러워했다.

라이카가 실제 무슨 생각으로 그런 행동을 했는지 명확하게 알 수는 없다. 우리는 그저 우리식으로 생각하고 추측할 따름이다. 그렇게 '우리식'으로 생각하고 추측하는 방식을 '의인화'라고 하는데, 이 방식은 오랫동안 비과학적이라는 비판을 면치 못했다. 제인 구달 박사가 야생 침팬지들에게 이름을 붙여주며 관찰하기 시작할 때도 의인화 방식에 대한 비판은 어김없이 등장했다. 케임브리지 대학 교수들은 연구 대상에 인간의 이름을 붙이는 일이 과학의 핵심인 객관성을 스스로 포기하는 일이라며 불편한 심기를 드러냈다. 그러나 구달 박사는 소신을 굽히지 않았다. 자신이 어릴 때 데리고 놀던 달팽이도 이름이 있었는데 인간과 가장 가까운 영장류인 침팬지가 이름을 갖지 말라는 법이 어딨느냐고 그는 따졌다. 그런 구달 박사 덕에 의인화 방식은 동물의 행동을 연구하는 데 중요한 방법론으로 당당하게 자리 잡게 되었다.

이 책의 저자도 "다른 종의 경험을 평가하는 데 한 종의 경험을 활용하는 것은 야생동물을 연구하는 많은 훌륭한 생물학자들에게 유용한 도구"라고 서슴없이 주장한다. 저자는 다른 동물의 행동과 감정을 해석하는 데 자신의 가치와 경험을 적용하는 것이 우리 인간만이 아니라는 걸 일깨워준다. 이 책에 등장하는 개들 또한 우리 인간의 마음을 읽기 위해 자신들의 경험과 생각을 활용한다. 미샤는 말할 나위도 없거니와 길을 잃으면 언제나 남의 집 현관 앞에 주저앉아 그 집 주인이 저자에게 전화하게끔 했던 마리아의 행동을 보면 쉽게 알 수 있다. 비바의 새끼들을 죄다 물어 죽이다가도 마지막 한 마리를 사람의 발치에 가만히 내려놓은 코키도 마찬가지다. 저자는 저자대로 인간의 눈과 마음으로 개들의 세계를 들여다보며 이 책을 썼고, 개들은 개들대로 인간들의 행동을 지켜보며 결국 그들만의 굴을 팠다.

그렇더라도 우리나라 텔레비전 동물 프로그램들을 보면 지나치게 의인화한다는 생각이 들 때가 많다. 흥미 위주라는 점을 분명히 밝히고 있지만, 동물의 심리를 훤히 꿰뚫는 듯한 해설을 반복해서 듣다 보면 정말 그런 것처럼 느껴진다. 이 책의 저자가 '범하는' 의인화는 사뭇 절제된 '과학적' 의인화다. 그렇기에 의인화가 지니는 다분히 주관적인 관점 속에서도 개들은 역시 개들끼리 지내고 싶어 한다는 걸, 결국 자기들끼리 얘기하고 싶어 한다는 걸 찾아낼 수 있었다. 객관적이고 과학적인 관찰에 의해서만 발견할 수 있는 사실이다.

오늘부터 동네 개 짖는 소리에 귀를 기울여보라. 어디선가

한 마리가 짖기 시작하면 이내 온 동네 개들이 다 같이 짖어댄다. 이걸 두고 어떤 이는 "제일 처음 짖은 개는 뭔가를 보고 짖지만, 나머지는 까닭도 모르고 따라 짖는다"라고 비웃는다. 좀 성급한 결론이다. 따라 짖는 개라고 무작정 짖는 게 아니다. 먼저 짖는 개들은 침묵하는 개들에게 각성을 촉구하고 뒤늦게 가담한 개들은 먼저 짖은 개들과 이런저런 의견을 나누는 것이다. 개들에게도 그들 나름의 '언어'가 있고, 그 언어로 엮어가는 '문화'가 있다.

어느 서평자의 말대로 개들이 글을 읽지 못하는 게 안타깝다. 이 책을 읽어주면 왠지 알아들을 것만 같다. "산책 갈까?" 하는 말을 알아듣곤 산책길에서 벌어질 온갖 흥겨운 일들을 상상하며 껑충껑충 뛰는 것처럼, 이 책에 적힌 미샤 가족의 얘기를 들려주면 듣는 개들도 꼬리를 흔들 것만 같다.

돌이켜보니 이 책에 첫 추천의 글을 쓴 게 어언 18년 전이다. 그동안 우리 사회는 '반려동물 천만 시대'를 맞았고 내 개인적인 삶도 상당한 변화를 겪었다. 책이 처음 우리말로 출간된 게 2003년인데, 바로 그 이듬해 아들의 성화에 못 이겨 우리 가족도 강아지 한 마리를 입양했다. 등은 검고 부드러운 융단에 배는 세련된 갈색인 닥스훈트였다. 아들은 학교에서 돌아오면 가방도 내려놓지 않은 채 현관에 주저앉아 때론 반 시간 넘도록 닥스훈트와 대화를 이어가곤 했다. 그 덕분인지 사춘기를 언제 그랬냐는 듯 슬그머니 넘겼다. 아내는 한술 더 떠 좁은 아파트에서 개를 기를 수 없다며 마당 있는 단독주택으로 이사를 결정했다. 그런데 무슨 운명의 장난인지 우리가 이사할 집에는 우리 개와 똑같이 생긴 닥스훈트 수컷이 기다리고 있었다. 연세가 많아 단독주택 생활을 접고 아파트로 입주할 계획이라는 노부부의 간곡한 부탁을 차마 거절하지 못해 우리는 그 닥스훈트도 맡아 기르기로 했다. 우리가 미처 계획을 세울 틈도 주지 않고 둘은 순식간에 두 차례나 새끼를 낳았다. 같은 학과 동료 교수에게 간신히 강아지 두 마리를 입양시키는 데 성공하고 나머지 여덟 마리는 우리가 모두 품어 결국 열 마리의 대가족과 함께 살게 되었다. 지난 15년 동안 부모 개를 포함해 일곱 마리를 하늘나라로 보내고 이제 세 마리가 남았다. 남들이 들으면 무슨 소리냐 하겠지만 아내는 달랑 세 마리에게 밥을 먹이니 너무 단출해 쓸쓸하다고 한다.

사람들은 닥스훈트 열 마리가 이리저리 뛰어다니면 도대체 어떻게 구별하느냐고 묻곤 했지만, 아내와 내게는 전혀 어려운 문제가 아니었다. 얼굴과 몸매가 다른 건 물론이고 성격도 모두 확연히 달랐다. 개성을 영어로 'personality'라고 하는 데에는 인간person만 개성을 지닌다는 전제가 깔려 있다. 그러나 최근 동물행동학에서 가장 뜨거운 연구 주제는 단연 동물의 개성 연구다. 침팬지의 개성은 말할 나위도 없고 심지어는 곤충의 개성에 관한 논문도 심심찮게 나온다.

최근 개성 연구와 더불어 개의 인지 연구가 크게 주목받고 있다. 손가락질finger pointing 행동이 대표적이다. 우리 인간과 유전자를 99퍼센트 가까이 공유하는 침팬지가 일반적인 지능 면에서 인간과 가장 유사한 게 사실이지만 공감 능력은 개에 비할 바가 아니다. 우리는 누군가가 손가락으로 어딘가를 가리키면 그 방향으로 눈을 돌린다. 침팬지는 그저 우리 손가락 끝만 바라볼 뿐이다. 개는 우리의 시선을 따라가며 우리가 손가락으로 가리키는 방향을 쳐다보거나 그쪽으로 달려간다. 오랜 세월 인간 곁에서 함께 살며 우리의 마음을 읽는 능력이 발달해서인지 모른다.

그런데 개는 언제부터 인간과 함께 살기 시작했을까? 늑대와 개의 분화에 관한 연구에서 최근 흥미로운 반전이 등장했다. 우리가 개를 데려다 길들인 게 아니라 개가 우리에게 먼저 다가왔다는 새로운 학설이 힘을 얻고 있다. 늑대들 가운데 특별히 붙임성이 좋은, 즉 공감 능력이 뛰어난 개체들이 먼저 인간이 사는 곳에 접근해 함께 살게 됐을 거라는 설이다. 우리가 개를 반려견으로 만든 게 아니라 개들이 우리를 반려인으로 삼은 것이다. '개통령'으로 불리는 강형욱 훈련사가 개들을 어떻게 훈련할지를 생각하기에 앞서 개들이 우리와 어떻게 지내길 원하는지를 가늠하려 하는 것도 그 때문일 것이다. 바람직한 반려인의 자세를 모색하려는 것이다. 그래서일까? 강형욱 훈련사가 구제 불능으로 보이는 개를 훈련하는 모습을 지켜보노라면 그가 사실 개가 아니라 개를 돌보는 사람을 훈련하고 있다는 걸 알아차리게 된다. 그들은 우리를 선택할 때 이미 준비되어 있었다. 선택된 우리가 훈련받는 게 당연하다.

이 책은 내가 읽은 책 중에서 가장 많이 사서 주변 지인들에게 선물한 책이다. 개를 돌보는 이들의 자기 개 자랑은 웬만한 자식 자랑 못지않다. 영락없는 팔불출이다. 세상에 자기 개만큼 똑똑한 개 있으면 나와보라는 식이다. 개를 보살피는 사람이라면 누구나 자기 개가 생각하는 존재이며 감정을 지니고 있다는 사실을 털끝만치도 의심하지 않는다. 천만 반려인들에게 이 책을 권한다. 우리 인간의 가장 가까운 반려동물인 개에 관한 책으로 이보다 훌륭한 것은 없다.

어머니 로나 마셜에게

차례

일러두기

1. 이 책은 2003년에 출간된 『인간들이 모르는 개들의 삶』의 개정판이다.
2. 본문의 고딕체는 원서에 이탤릭체로 표기된 것이다.
3. 책에 등장하는 개들의 관계를 쉽게 파악할 수 있도록 '개들의 관계도'를 실었다(34쪽).

들어가며

이 책은 개의 의식意識에 관한 것이다. 의인화된 주제라고 여기는 사람도 있을 것이다. 과거에는 과학자들조차 인간만이 생각과 감정이 있다고 믿는 쪽이었으니 말이다. 물론 그것은 사실과 다르다. 그런 관념은 기독교 창조론의 잔존물일 뿐이다. 인간이 기적이 아니라 포유류의 긴 진화 과정을 거치며 의식을 습득했다는 점에 비추어보면 그 관념이 비과학적인 것은 분명하다. 따라서 동물의 의식에 관한 문제는 매우 타당한 과학적 탐구 분야이다. 그런데도 일반적으로 인간을 제외한 다른 생물은 의식이 없다고 가정하는 것은 놀라운 일이다.

생각과 감정은 진화론적으로 가치가 있다. 그렇지 않다면 우리는 그것들을 갖지 못했을 것이다. 생각은 인간이나 다른 수많은 동물이 살아가는 데 매우 효율적이고 효과적인 기제이다. 사람이나 개 같은 유기체는 학습하고 추론하는 능력, 즉 지능이 있다. 우리는 지능 덕분에 온갖 종류의 문제를 해결할 수 있는데, 만약 각각의 문제에 대한 행동 해결책을 사전에 프로그래밍한다면 엄청난 양의 전선을 배선해야 할 것이다. 동물이 본능에 따라서만 생각한다고 여길 경우, 본능이 지능의 형성을 위한 우아한 기반, 즉 각각의 종이 사고를 형성하게 하는 안전장치라는 사실을 간과하게 된다. 교육으로 다듬어진 생각으로 우리는 인간이라는 종의 구성원으로서뿐만 아니라 개인으로서도 지금 하는 일들을 할 수 있게 되었으며, 지금의 우리가 될 수 있었다.

의식과 관련해 다음 네 가지 관찰을 숙고해보았으면 한다. 첫째, 개의 습관에 대한 관찰. 둘째, 두 가지 대안을 놓고 저울질을 하는 개에 대한 관찰. 셋째, 게임을 하는 개에 대한 관찰. 넷째, 인간의 행동 양식을 간파하고 일시적으로 그것을 따르는 개에 대한 관찰이다.

개의 습관에 대한 관찰은 콜로라도주 볼더에 있는 어느 집에서 시작되었다. 그 집 개 다섯 마리는 엎드린 채 밥을 먹었다. 나는 그때까지 그런 자세로 밥을 먹는 개를 본 적이 없었다. 물론 그렇게 하도록 훈련을 받은 것도 아니었다. 오히려 집주인은 그 습관이 특이할 것 없다고 생각했고, 놀랍게도 다른 개들은 다른 방식으로 밥을 먹는다는 사실을 전혀 알지 못했다. 왜 이 개들은 엎드린 채 밥을 먹을까? 그 누구도 확실하게 알 수 없었다. 호주 출신 수컷 셰퍼드로 이름이 라이더인 우두머리 개가 처음 그 습관을 갖게 된 것 같은데, 아마도 밥을 먹는 동안 흥분과 경쟁을 줄이기 위해서인 듯했다. 다섯 아이의 부모로 바쁜 일상을 보내는 집주인은 먹이가 든 사발 다섯 개를 던지다시피 뜰에 내려놓은 후 다른 급한 일을 처리해야 했다. 개들은 저 자신을 단속하지 않으면 안 되었다. 개들은 각자 재빨리 사발 하나를 고른 후, 자리에 엎드려 밥을 먹었다. 그런 다음 꼭 어떤 신호라도 있었던 것처럼 전부 자리에서 일어나 주위를 돌며 서로의 그릇을 핥았다. 그 개들은 자신들의 행동을 완벽히 정상으로 간주하고 있는 듯해서 보는 사람들을 매우 당혹스럽게 했다.

그런 습관이 생긴 이유를 짐작할 수는 있었다. 라이더는 살집이 실팍하고 엉덩이가 탄탄한 건장한 체구의 암컷 두 마리에 비하면 약체였다. 그중 한 마리는 라이더보다 나이도 훨씬 많았다. 두 마리 모두 식사 시간이 되면 쉽게 흥분하는 편이었다. 따라서 식사 시간에 서로 부대끼며 밀칠 확률이 높았을 것이다. 특히 주인집 십 대 아들이 먹이를 주는 날은 더 그랬을 터다. 소년의 머릿속은 집안일보다 훨씬 재미있는 일들로 가득했고, 그 결과 개들은 기다리는 일에 익숙해졌다. 오후가 기울고 해가 로키산맥 너머로 지면서 저녁 식사 시간이 찾아오지만, 아무 일도 일어나지 않는다. 곧 하늘이 어두워지지만, 여전히 누구 하나 오지 않는다. 마침내 주위가 조용해지고 집마다 불이 켜진다. 이웃집 가족들이 부엌으로 모인다. 하지만 개 다섯 마리가 있는 집의 뜰에는 배고픔과 불안만 커져간다.

불안정한 기운 때문에 그러한 습관이 형성된 것일까? 마침내 먹이가 그릇에 떨어지는 순간 과도하게 흥분할 수 있는 상황의 뇌관을 제거하고자 한 것일까? 그 다섯 마리 개들은 더 즐기려 들 때처럼 편안히 드러눕지 않는다. 도리어 뻣뻣한 자세로 엎드린다. 밥그릇을 앞다리 사이에 끼고는 앞발 관절을 땅에 일자로 대고 가슴을 땅에 붙인 채 배는 살짝 아치형으로 들며 뒤 허벅지는 세우고 무릎은 내린다. 마치 개 훈련 학교에서 지시에 따라 엎드린 개들처럼 보인다. 그 자세로 이따금 곁눈질로 서로를 흘낏거리며 재빨리, 그리고 조용히 먹는다. 그 습관은 작으나 영리한 라이더가 체구 큰 암컷들에게 치일 수밖에 없는 상황에서 식사 시간을 통제하고 질서를 잡는 데 도움이 되었다.

어느 날 라이더의 새끼인 암컷 강아지 펄이 나이 든 개 두 마리가 있는 뉴잉글랜드의 집으로 보내졌다. 그곳의 개들은 아침과 저녁에 먹이를 먹었다. 펄은 한동안 볼더에서의 그 기이한 습관대로 아침은 서서 먹고 저녁은 엎드린 채 먹었다. 하지만 펄은 이내 포기했고, 이상한 습관은 뿌리내리지 못했다. 만약 펄이 우두머리 개였다면 그 습관은 유지되었을 것이다. 하지만 새집에서 펄은 우두머리 개의 딸뻘도 못 되었다. 펄의 지위는 낮았고 늙은 개 두 마리는 펄을 흉내 내지 않았다. 그러자 몇 주 후 펄이 그들을 흉내 내는 편을 택했고, 그 뒤로 그들처럼 두 끼를 선 채로 먹게 되었다.

여러 대안을 놓고 저울질한 후 결정을 내리는 모습을 보인 개도 어린 암컷이었다. 그 개는 매일 반려인과 다른 개 두 마리와 함께 산책했는데, 그때마다 그들은 강가에 멈춰 섰고 어린 암컷은 늘 수영을 했다. 하지만 문제의 날, 길가에 있는 무언가가 어린 암컷의 주의를 끌어 무리에서 이탈하게 했고, 나머지 일행이 강가에 이르렀을 때 그 개는 이미 그들과 함께 있지 않았다. 나머지 일행은 여느 때처럼 집으로 돌아가기 위해 돌아섰다. 20여 미터쯤 되짚어 갔을 때, 날씨가 더워 늘 하던 대로 수영할 생각을 하고 있던 어린 암컷이 일행이 있는 곳과 강의 중간쯤 되는 곳에 있는 덤불에서 뛰쳐나왔다. 하지만 이미 때는 늦었다. 일행은 떠나고 있었고, 어린 암컷은 수영할 기회를 놓치고 말았다. 길옆에 엎드린 어린 암컷은 오른쪽에 있는 일행의 뒷모습과 왼쪽에 있는 강을 번갈아 보았다. 그러고는 또 오른쪽을 보았다가 다시 강물을 한 번 더 본 뒤 즉각 결정을 내려 전속력으로 강을 향해 달려가 물에 뛰어들었다. 그런 뒤에 재빨리 몇 번 발을 저어 수영한 다음 강둑 쪽으로 몸을 돌려 물 밖으로 뛰쳐나왔다. 일행과 나란히 가게 될 때까지 암컷은 멈춰 서서 몸을 털지도 않고 곧장 달렸다.(사실 모든 개는 무리와 다시 합류할 때까지 몸을 털지 않는다. 무리의 다른 개들이 수영하지 않았을 때는 특히 더 그렇다. 일행과 눈에 띄게 다른 경험을 한 후라면, 몸을 터는 행동은 일행과 가까운 곳에 있어야 하는 필요에 비해 부차적이기 때문이다.)

게임을 하는 모습이 관찰된 개는 어린 수컷으로, 셰퍼드와 래브라도 레트리버의 잡종이었다. 움직이기를 싫어하는 노부부에게 보내진 지 얼마 안 된 개였는데, 그 부부는 그들처럼 움직이기를 싫어하는 늙은 암컷 한 마리를 돌보고 있었다. 어린 개는 함께 놀 상대가 없었다. 녀석에게 깐깐하게 구는 데다 놀이에는 관심이 없었던 늙은 암컷은 전혀 같이 놀아주지 않았다. 딱한 어린 개는 때로 친구도 없고 할 일도 없는 어린아이처럼 어쩔 줄 몰라 하는 듯이 보였다. 눈이 내리던 어느 밤, 나는 그 강아지가 집 근처 언덕 위에서 혼자 코를 땅에 댄 채 재빨리 달리는 것을 보았다. 어떤 작은 설치류 같은 것을 쫓아 커다란 원을 그리며 도는 것 같았다. 끝내 그 설치류는 왔던 곳으로 되돌아갔고, 개는 꽤 오랫동안 한곳을 주둥이로 팠다. 사냥감이 숨어든 구멍이 분명했다. 그런데 놀랍게도 조금 후 개가 다시 달리기 시작했다. 또다시 코를 땅에 대고 처음 돈 원을 따라 두 번째로 원을 크게 돌았다. 그러고는 마치 사냥감이 다시 땅 속으로 숨기라도 한 것처럼 한곳을 주둥이로 파기 시작했다.

나는 이 모든 게 아주 이상하다고 생각했다. 개가 원을 그리며 돌게 하려고 개의 코앞에서 안전한 구멍을 빠져나오는 작은 생물이 세상에 어디 있단 말인가? 그리고 그것이 기어 나왔을 때 어느 갠들 잡지 않을까? 내가 혼란스러워하는 사이 개는 세 번, 네 번, 다섯 번, 여섯 번 원을 돌았다. 그때마다 똑같은 행동을 취했다. 흥분한 채 코를 땅에 대고 꼬리를 높이 치켜들어 처음 원을 돌 때처럼 마지막 원도 열심히 돌았다. 나는 자세히 보려고 다가갔는데 그곳에는 사냥감도, 심지어는 구멍조차도 없었다. 사건 전체가 환상이었다. 상상력이 뛰어난 그 강아지는 사냥감을 쫓는 시늉을 하고 있던 것이다.

마지막으로 사람의 행동 양식을 따른 개는 바로 내 남편의 개다. 지난여름 남편이 자신이 먹을 아이스크림콘을 산 어느 무덥던 날 우리는 그 개 때문에 모두 놀랐다. 아이스크림을 한 번 핥은 남편은 개가 자신을 빤히 바라보고 있는 것을 알아채고는 개에게 콘을 내밀었다. 남편은 당연히 개가 아이스크림에 달려들 것으로 생각했다. 하지만 놀랍게도 개는 남편이 그랬던 것처럼 아이스크림을 점잖게 한 번 핥기만 했다. 남편은 조금 더 핥아 먹은 다음 아이스크림을 다시 개에게 주었다. 그러자 개도 똑같이 조금 더 핥아 먹었다. 둘은 그런 식으로 서로 번갈아 가며 콘만 남기고 아이스크림을 모두 먹었다. 이제 남편이 콘을 한 번 베어 먹었다. 개는 지켜보고 있었다. 개가 나머지 콘을 한입에 삼키리라 생각하며 남편은 콘을 개에게 내밀었다. 하지만 개는 입술을 위로 끌어올려 작은 앞니를 드러내고는 아주 섬세하게 콘을 베어 먹는 것이었다. 남편과 개는 두 번 더 번갈아 가며 끄트머리만 남을 때까지 콘을 베어 먹었다.

놀라워 보이는가? 별로 놀랄 일은 아니다. 남편과 그 개는 8년 동안 서로 믿고 책임지는 관계를 만들어왔다. 어느 쪽도 상대에게 불합리한 요구를 하거나, 선심을 쓰거나, 상대를 지배하려 하지 않으면서도 상대와 있을 때 늘 각자 원하는 바를 했다. 그러한 구도에서만, 양자가 서로 평등하다고 생각할 때만 가능한 일이다. 과도한 훈련으로 세뇌받지 않은, 자신의 관찰과 상상력에 의거해 행동하는, 스스로를 생각할 줄 아는 개만이 서로 번갈아 가면서 한 입씩 깨문다는 그야말로 진정한 나눔의 한 형태인 이런 인간적인 방식을 생각해낼 수 있을 것이다. 개 두 마리가 음식을 나눠 먹을 때는 상대의 입 주위 작은 상상의 원인 서로의 식사 공간을 존중하면서 동시에 먹는다. 반면 서로 번갈아 가며 한 입씩 먹는다는 개념은 전적으로 인간의 것이다. 그럼에도 개는 그 점을 간파했으며, 더욱이 그런 광경을 한 번도 본 적이 없으면서도 그렇게 한 것이다. 콘의 끄트머리는 누가 먹었을까? 남편이었다. 개는 남편에게 마지막 한 입을 먹게 해주었다.

개도 생각하고 느낄 수 있는가? 물론 그렇다. 그렇지 않다면 개라는 것은 아예 존재하지도 않을 것이다. 하지만 그렇다 하더라도 개에 관한 책은 어쩔 수 없이 어느 정도 개를 인간에 비교하는 것일 수밖에 없는데, 그 비교에 대한 반감 자체가 잘못된 것이기에 더욱 그럴 수밖에 없다. 다른 종의 경험을 평가하는 데 한 종의 경험을 활용하는 것은 야생동물을 연구하는 많은 훌륭한 생물학자들에게 유용한 도구이다. 조사자가 경험이 많을수록 그 도구는 더 유용하다. 조지 셸러가 어미 표범과 그 새끼를 관찰한 사례에 관해 생각해보자.

때로 [그 두 마리 표범은] 만남에 기뻐하며 눈에 띄게 흥분한 상태에서 서로 뺨과 몸을 이리저리 문지르고 얼굴을 핥으며 열렬히 재회를 만끽했다. 그러한 다정함을 목격하면서 나는 이 표범들이 차가운 겉모습 뒤에 깊고 따뜻한 정서를 감추고 있다는 사실을 깨닫게 되었다.*

그와 대조적으로 이젠 고인이 된, 정신과 의사였던 내 옛 이웃의 관찰은 좀 당혹스럽다. 그는 새 한 마리가 그의 집 통유리 창에 날아들었다가 땅에 떨어지는 것을 목격했다. 그런데 바로 그때, 또 다른 새가 돌진해 그 새를 낚아채 날아갔다. 정신과 의사는 상황을 꽤 감동적으로 의인화해서 생각했다. 두 번째 새는 첫 번째 새의 짝인 수컷인데 암컷을 구하기 위해 그런 행동을 했다고 짐작한 것이다. 하지만 새는 자신의 짝을 어딘가로 데려가는 행동은 하지 않는다. 새가 다른 새를 잡아채는 것은 단지 죽이기 위해서이다. 따라서 두 번째 새는 첫 번째 새의 구원자가 아니라, 첫 번째 새의 곤경을 틈탄 약탈자였다. 정신과 의사가 자연계의 방식을 좀 더 잘 알았다면 그런 별난 추

*George Schaller, 『황금 그림자, 하늘을 나는 발굽*Golden Shadow, Flying Hooves*』, New York, Knopf, 1973, 196쪽.

측은 하지 않았을 것이다.

인간이 다른 동물종을 해석하는 데 제 가치와 경험을 적용하는 유일한 종은 아니다. 개들 또한 그러는 경우가 있는데, 정신과 의사만큼 운이 따르지 않는 때도 있다. 뼛조각을 차지한 개가 인간 관찰자를 위협하는 경우, 그 개는 사람이 먼지가 묻은 지저분한 뼛조각을 원한다고 짐작하는 것이다. 개의 가치를 적용하는 셈이다. '의견화'라고나 할까. 어떻든 개를 포함해 동물 대부분은 감정을 이입한 관찰을 통해 다른 종들을 헤아린다. 언젠가 내가 돌보던 개들 가운데 한 마리가 100미터쯤 떨어진 거리에서 내 기분이 좋지 않은 것을 알아채고는 쾌활하던 태도를 바꿔 풀 죽은 모습을 한 적이 있다. 그는 우리 속에 있었는데, 내가 모퉁이를 돌아가는 순간 나를 보았다. 당시 나는 무척 상심해 있었지만 주변 사람들이 알아차릴 정도로 내색하지는 않았다. 그런데도 그는 뭔가 잘못되었다는 것을 즉시 알아차렸다. 상당히 먼 거리에서 한동안 나를 빤히 쳐다보았는데, 마치 자기가 본 것이 실제로 맞는지 확인이라도 하는 것 같았다. 이윽고 처음에 받은 인상이 정확했다고 판단한 그는 눈에 띄게 풀이 죽은 모습을 했다. 그 예리함에 감동한 나는 이내 기분이 좋아졌고, 그러자 그도 똑같이 좋아했다!

마찬가지로 나는 어느 날 저녁 우연히 집에 데려오게 된 암컷 고양이 라일락에게도 깊은 인상을 받았다. 집에 오는 길에 운이 좋으면 사슴이 풀을 뜯는 것을 볼 수 있겠다는 생각에 근처 들판을 살펴보기로 했다. 들판 가까이에 이르렀을 때 다소 긴장했던 것 같다. 어쩌면 평소보다 약간 조용히 걸었을지도 모른다. 그 이유야 어떻든, 변화를 감지한 라일락은 즉시 그것을 사냥의 서막으로 인식하고는 몸을 앞쪽으로 기울이고, 귀를 쫑긋 세우고, 눈을 동그랗게 뜨고, 발톱을 내 팔에 박았다. 내가 뒤를 밟고 있다고 생각되는 무언가를 향해 뛰쳐나갈 준비를 한 것이었다.

동물의 의인화에 대한 또 다른 사례 중 하나로 개의 미소를 생각할 수 있을 것이다. 모든 개는 미소를 짓는다. 여기서 미소란 기분이 좋아 느긋해져 귀는 처지고, 눈은 반쯤 감기고, 입은 부드럽게 벌어지고, 뺨은 위쪽으로 치켜 올라가는 표정을 말한다. 이것이 개의 미소이다. 그런데 어떤 개들은 인간의 미소를 흉내 내기도 한다. 이 경우 그들은 저 자신을 의인화하는 것이다. 사람이 앞에 있을 때 그 개들은 입술을 과장되게 뒤쪽으로 당겨 이빨을 드러내 우리와 똑같은 표정을 짓는다. 동시에 몸을 굴려 배를 드러내어 우리의 미소가 의미하는 바를 정확히 이해하고 있다는 것을 보여주기도 한다.

마지막으로 의인화는 개가 배를 드러내는 행위를 해석하는

데 도움을 주기도 한다. 그 행위는 강아지들이 어른 개에게 순종할 때 하는 몸짓이다. 그 행위를 통해 개들은, 당신 앞에서 우리는 무력한 강아지일 뿐이니 당신 마음대로 하세요, 하고 말하는 것이다. 이를 이해하려면 그에 상응하는 인간의 행동을 보면 된다. 한 예로 많은 종교인—가령 기독교인들—이 신을 대하는 방식을 들 수 있다. 우리는 하느님을 부모로, 우리 자신을 그분의 아이로 일컫는다. 기도를 드리려 무릎을 꿇는 순간, 키를 낮춰 어린아이에 더 가까워 보이도록 한다. 눈길을 위로 향한 채 기도하는 것은 하느님의 무릎을 껴안은 채로 올려다보는 것을 의미한다. 이는 하느님이 수평선 저 너머에 계시는 것이 아니라 우리를 똑바로 내려다보며 우리와 마주하고 있다는 암시이다. 더 나아가 숱한 이가 특정한 시간, 가령 아침에 일어나면서, 또는 밤에 잠자리에 들면서 기도하는 것처럼 개들도 하루 중 특정한 때에 순종적인 의식을 치른다. 예를 들어, 내 남편의 개는 아침에 둘 다 막 일어났을 때 남편에게 배를 보여준다. 왜 그럴까? 아무도 확실히 알 수는 없지만 이제 양쪽 모두 그 행위를 기대하고 있다는 것만큼은 분명하다.

개들은 우리를 하느님으로 생각하는 것일까? 아마 그렇지는 않을 것이다. 하지만 우리가 하느님의 섭리를 신비롭게 여기는 것과 마찬가지로 개들도 (종종 탁월한 추리를 통해) 우리의 섭리를 변덕스럽고 신비롭다고 여길 것이다. 자신의 반려인을 위해 최선을 다했음에도, 나쁜 행동을 해서가 아니라 단지 귀찮다는 이유로 버려진 수천 마리의 개들이 매일 동물보호단체에서 안락사된다. 그렇지만 하느님이 우리를 필요로 하는 것보다 우리가 더 그분을 필요로 하듯, 개들 또한 우리가 그들을 필요로 하는 것 이상으로 우리를 필요로 한다. 그리고 그들은 그 사실을 알고 있다.

나는 이 책에서 열한 마리 개들의 삶을 기록하려고 한다. 그 가운데 다섯 마리는 수컷이고 여섯 마리는 암컷이다. 그중 다섯 마리는 우리 집, 그것도 내 침대 위, 바로 내 옆에서 태어났다. 열 마리는 자연적인 수명이 다할 때까지 우리와 함께 지냈다. 따라서 그들에게 일어난 온갖 일을 목격할 수 있었다. 나는 그들이 자유롭게 계획을 세우고 나름의 결정을 내릴 수 있을 때 무엇을 하는지 보고 싶었다. 하지만 내 실험을 과학적이었다거나 (꽤 길긴 했지만) 일상적인 관찰 이상의 것이었다고 말할 생각은 없다. 개들이 전적으로 자연스럽게 행동할 수 있는 자유를 누렸다고도 말할 수 없는데, 그건 내가 어느 정도 그들의 배회와 번식을 통제했기 때문이다. 원치 않은 개들의 수가 느는 것은 고통과 비극의 원인이 될 것이기에 암컷들이 중

성화 수술을 받게 했다. 그중 두 마리는 출산을 해보기 전에, 세 마리는 새끼를 한 배 낳은 후에, 그리고 한 마리는 두 번 새끼를 낳은 후에 수술을 받았다.

그랬는데도 스물두 마리 강아지가 태어났다. 그중 여섯은 성견이 되기 전에 죽었다. 우리는 살아남은 아이들 가운데 다섯 마리를 돌보고, 열한 마리는 다른 사람들에게 보냈다. 모두 우리가 개인적으로 아는 사람들이었다. 물론 돈은 받지 않았다. 개들이 설령 노예와 같은 존재라 해도 사고파는 것은 잘못이라고 굳게 믿었기 때문이다. 나는 가능한 한 오랫동안 강아지들이 잘 지내는지 확인하고자 했고, 아홉 마리에 대해서는 그렇게 할 수 있었다. 그중 한 마리는 사라졌다. 두 마리는 한 살쯤 되었을 때 죽었는데, 한 마리는 자동차에 치였고, 다른 한 마리는 늦게 나타난 선천적 장애 때문에 안락사되었다. 내가 아는 한 다섯 마리는 최소한 3년은 처음 가게 된 집에 그대로 머물렀고, 한 마리는 다른 집으로 보내졌다.

함께 머물게 된 개들에게 나는 먹이와 물과 쉴 곳을 제공했다. 그렇지만 내 프로젝트가 시작된 후에는 그들을 훈련하려는 어떤 노력도 기울이지 않았다. 심지어는 집 안에서 생활하는 훈련도, 불렀을 때 다가오게 하는 훈련도 시키지 않았다. 그럴 필요가 없었다. 어린 개들은 늙은 개들을 흉내 냈고, 그에 따라 집 안에서 생활하는 법을 완벽하게 익혔으며, 모든 개가 부르면 대체로 자연스럽게 다가왔다. 그들에게 진정으로 중요한 무엇인가가 우리의 요구와 부딪힐 때만 거부했을 뿐이다. 자유롭게 개성을 내보이는 개는 엄격한 훈련을 받고 지나친 규율에 얽매인 개가 일생 보여줄 수 있는 것 이상의 사고와 감정을 단 하루 만에 다 보여준다.

나는 개 한 마리를 지켜보는 한 시간을 관찰 한 시간으로, 개 두 마리를 지켜보는 한 시간을 관찰 두 시간으로 계산한다. 이런 계산법을 통해 프로젝트가 시작된 후로 10만 시간이 넘게 그들을 관찰했는데, 한 시간 한 시간이 모두 매혹적이었다. 나는 항상 개들과 함께 살고 늘 지켜볼 것이므로, 관찰은 계속될 것이다.

개와 함께한 10만 시간

이 책에 나오는 개들의 관계도

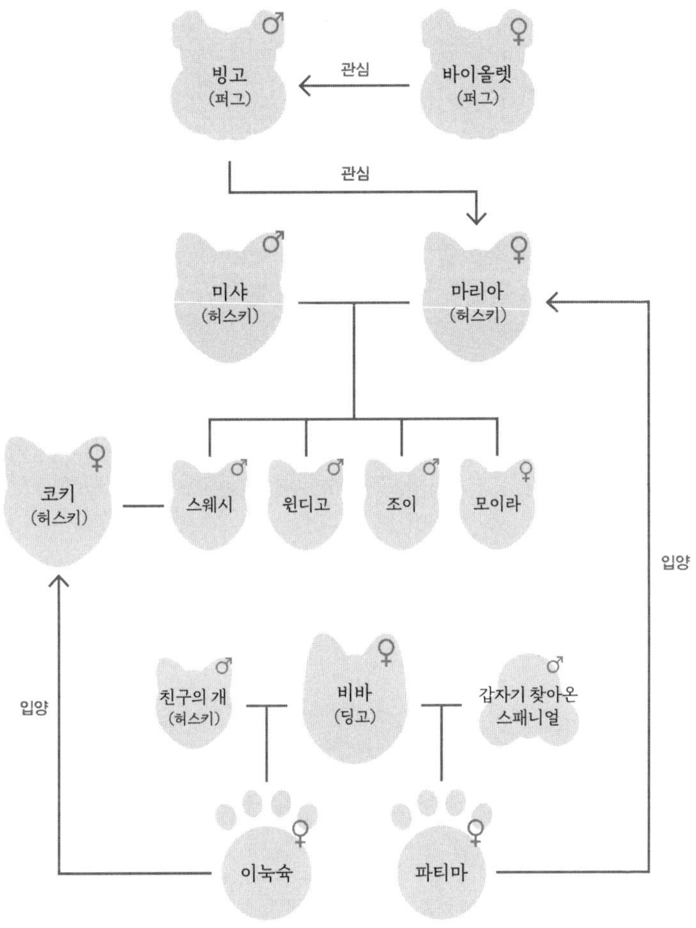

내가 개들을 관찰하기 시작한 건 우연이었다. 친구들이 유럽에서 여섯 달을 보내는 동안 나는 그들의 시베리아 허스키 미샤를 돌보았다. 다리가 길고 가늘며 털은 짧고 굵은 쾌활한 두 살배기 미샤는 웬만한 울타리는 뛰어넘어 자유롭게 쏘다녔다. 미샤는 데리고 온 바로 그날 우리 집 울타리를 뛰어넘었다. 내 고향인 매사추세츠주의 케임브리지시에서는 법에 따라 반드시 개를 묶어놓아야 했다. 인근 지역도 대부분 마찬가지였다. 미샤가 법을 위반한 탓에 항의가 들어왔다. 심지어 집에서 10킬로미터 넘게 떨어진 곳에서도 들어왔다. 덕분에 나는 미샤가 대략 330제곱킬로미터까지 활동 범위를 넓혔다는 사실을 이내 알게 되었다. 하지만 이것은 시작에 지나지 않았다. 미샤는 그 후 활동 범위를 훨씬 더 넓혔다. 흥미로운 사실은 어린 미샤의 처음 활동 범위가 행동과학 연구자 앨런 벡Alan Beck이 보고한, 볼티모어의 집 잃은 개들의 활동 범위보다 훨씬 넓었다는 것이다. 벡의 연구 결과에 따르면, 도시의 집 잃은 개들의 활동 범위는 0.15에서 0.25제곱킬로미터 정도로 좁았다. 그와 달리 미샤의 활동 범위는 늑대들, 특히 아돌프 뮤리Adolph Murie의 『매킨리산의 늑대들*The Wolves of Mount McKinley*』과 L. 데이비드 메치L. David Mech의 『로열섬의 늑대들*The Wolves of Isle Royale*』에 보고된 늑대들의 활동 범위인 500~1,300제곱킬로미터에 더 가까웠다. 미샤는 무엇을 했던 것일까?

이것은 분명 특이한 사실이다. 여기에, 아직 어린데도 밤낮을 가리지 않고 도시의 구석구석을 살피며 완벽하게 갈 길을 찾아다닌 개가 있다. 그 개는 차량으로 붐비는 위험한 거리를 용케 지나갔고, 당시 중흥기를 맞았던 케임브리지 대학 연구실에 실험용 동물을 제공하던 개 도둑과 개를 단속하는 공무원의 손길을 벗어날 줄 알았다. 찰스강의 얼음 구멍에 빠지지 않았으며, 쓰레기를 뒤지는 동물들과 너구리를 잡으려고 주민들이 놓아둔 독이 든 미끼를 건드리지 않았고, 다른 개들에게서 상처를 입지도 않았다. 미샤는 항상 기분 좋게 여행에서 돌아와 가볍게 먹이를 먹고 휴식을 취한 후 다시 외출했다. 어떻게 그럴 수 있었을까?

한동안 하버드 대학의 훌륭한 도서관을 드나들며 잡지와 책에서 해답을 찾아보았다. 혹여 이 어두운 곳에도 과학의 빛이 들었는지 알아내려고 개에 관한 모든 글을 읽었다. 하지만 아무것도 찾아낼 수 없었다. 개와 관련된 출판물이 엄청나게 많음에도, 과학자건 평범한 사람들이건 개들이 혼자 있을 때 무엇을 하는지에 대해 의문을 가진 사람은 아무도 없었다. 활동범위가 자유로운 개에 관한 몇 가지 연구가 있었지만 들개, 아니면 방치되거나 집 잃은 개들을 다룰 뿐이었다. 적대적인 환경에 홀로 남겨진 그 버려진 짐승들은 틀림없이 엄청난 스트레스를 받았을 것이다. 끝내 포획되어 연구실이나 동물원에 갇힌 야생동물과 마찬가지로 자연스럽지 못한 조건에서 살고 있었으니 말이다. 하지만 정상적인 상황에서 그 어떤 방해도 받지 않는다면 개들은 어떻게 행동할까? 내가 알기로는 누구도 이런 질문을 한 적이 없었다.

처음에는 과학이 이 질문을 무시했다는 사실이 놀라웠다. 어떻게 그럴 수 있었을까? 우리가 동물을 연구하는 이유는 그것이 우리 자신에 관해 무언가를 가르쳐줄 수 있거나 우리에게 유익하게 쓰일 만한 사실들을 얻을 수 있어서다. 대다수는 우리와 관련 없는 동물들의 삶 여러 측면에는 거의 관심을 두지 않는다. 한데 개의 경우는 어떠한가? 개는 우리와 관계가 있다. 개는 2만 년 동안 우리와 삶을 공유했다. 그렇다면 도대체 왜 우리는 개에 관해 그토록 아는 것이 없으며, 그들이 무엇을 원하는가, 하는 가장 단순한 질문에조차 대답하지 못하는가?

개보다 연구하기가 수월한 동물이 거의 없다는 사실을 고려하면 우리의 무지는 더욱 비난받아 마땅하다. 야생동물과 달리 개는 우리를 두려워하지 않는다. 그들을 연구하기 위해 서식지를 침범하거나 잡아 가둘 필요가 없다. 우리의 세계가 곧 그들의 자연스러운 서식지이고, 지금까지 늘 그래왔다. 게다가 그들의 먼 선조는 개가 아닌 늑대였고, 따라서 개들은 야생종으로 존재한 적이 없다. 그 결과 우리는 개가 출현한 이래로 언제나 그들을 관찰할 기회가 있었음에도 대체로 무시하는 편을 택했다. 그리하여 어느 저녁 소파 위 내 옆에서 몸을 웅크리고 있는 그것은 신비로운 존재가 되어버렸다. 그는 자신만의 삶이 있는 쾌활한 개였다. 결코 감추려 하지 않는 삶, 인간의 도움을 받기는커녕 오히려 인간들에 둘러싸여 있음에도 야생동물이 가진 모든 능력을 발휘해 적극적으로 꾸려가는 삶이 있는 개였다.

어느 날 저녁 그는 자리에서 일어나 몸을 뻗으며 나들이할 채비를 했다. 먼저 뒷다리에 힘을 줘 몸을 뒤로 쭉 늘이고, 머리를 숙인 채로 엉덩이를 높이 들어 어깨 근육을 팽팽하게 했다. 그런 다음 머리를 들고 엉덩이를 내려 척추와 뒷다리를 펴고는 뒷발을 주먹 쥐듯 오므려 발가락까지 고루 스트레칭했다. 마침내 준비가 끝나자 조용히 문으로 가서 여느 때처럼 내가 자기를 위해 문을 열어주기를 기다렸다. 그때 눈이 서로 마주쳤고, 내게 어떤 영감이 떠올랐다. 미샤가 내 물음에 대한 해답을 줄 수 있지 않을까. 바로 내 앞에서 동물의 왕국으로 향하는, 오랫동안 무시되었던 문이 열리려는 듯했다. 미샤가 그 열쇠를 갖고 있었다.

이러한 매력적인 아이디어를 누가 마다할 수 있을 것인가? 그 수수께끼를 풀기 위해서는 돈도, 여행도, 훈련도, 특별한 도구도 필요 없었다. 개 한 마리와 공책 한 권, 연필 한 자루면 충분했다. 나는 프로젝트를 시작하기 위한 공식적인 훈련을 전혀 받지 못한 것이 조금도 아쉽지 않았다. 사실 보통의 개들이 무엇을 원하는지 알고 있다거나 혹은 그것을 궁금해한 듯 보이는 생물학자가 이제껏 없었기 때문에, 모른다는 것이 그런 작업을 해도 된다는 자격이 되기도 했다. 어쨌든 내가 오래도록 무지한 상태로 있지는 않을 것 같았다. 나는 이웃들이 개 관련법을 어기는 내 모습을 보지 못하도록 불을 끈 다음, 문을 조금 열었다. 미샤가 밖으로 나갔고, 나는 그 뒤를 따랐다. 그렇게 우리의 프로젝트가 시작되었다.

우리는 거의 2년에 걸쳐 일주일에 적어도 이틀이나 사흘 밤을 밖으로 나가고 또 나갔다. 미샤의 반려인이 미샤를 찾으러 온 후에도 멈추지 않았다. 미샤가 우리의 공동 작업을 좋아했고 계속하기를 원했기 때문이다. 미샤가 나를 데리러 오는 건 어렵지 않았다. 당시 미샤가 사는 동네에는 개를 묶어놓아야 한다는 법령이 없었다. 저녁때 풀어놓으면 미샤는 울타리를 뛰어넘고 도시 두 곳을 지나 나를 찾아왔다. 미샤는 항상 어둠이 내린 후에 도착했다. 나는 현관 불빛을 통해 미샤가 길 위에 서서 마치 선원을 찾는 선장처럼 우리 집 창문을 올려다보는 것을 볼 수 있었다. 현관 불을 끄고 문을 조금 열면 미샤는 안으로 들어와 잠시 내 가족과 자기 가족을 상봉했다. 그 무렵 미샤는 내 딸이 돌보던 허스키인 아름다운 마리아와 짝을 맺어 낳은 강아지 네 마리에게 자신의 기술을 가르쳤다. 하지만 이내 자리에서 일어나 다시 나갈 자세를 취한 후, 어깨 너머로 돌아보며 누가 함께 나가는지 지켜보았다. 마리아가 항상 기꺼이 따라나서려 했고, 실제로 내가 가지 않을 때면 마리아를 따라 나가게 했다. 하지만 마리아나 나, 둘 중 하나였지 둘 다는 아니었다. 마리아가 따라 나갈 경우 둘은 아주 빠르게 갔고, 나를 기다리려 하지 않았다. 이따금 마리아에게 목줄을 채웠는데, 그렇게 하면 모두 함께 갈 수 있었다. 그렇지만 대체로 나는 미샤와만 나갔다. 일련의 모험을 통해 개의 비밀들이 하나씩 드러나기 시작했다. 개중에는 위험한 것도 있었지만 모두 흥미로운 것들이었다. 미샤는 그리스 신화의 영웅 오디세우스였으며, 케임브리지는 포도주 빛 검은 바다였다.

나는 가장 중요하면서도 흥미로운 첫 번째 질문에 대해서는 끝내 답을 얻지 못했다. 그것은 미샤의 배회 기술에 관한 문제였다. 내가 함께 나가야겠다고 생각하기 훨씬 이전부터 미샤는 케임브리지 거리를 배회하고 있었는데, 어쩌면 몇몇 지표가 될 만한 것들을 기억하고 있었는지도 모른다. 하지만 때로 미샤는 지표의 도움을 받지 않고 다니는 것 같았다. 적어도 가려던 곳에 갈 때 활용한 지표의 도움은 받지 않는 듯했다. 일단 목적지에 도착하면 갔던 길과 다른 길을 택해 집으로 돌아오곤 했던 것이다. 별이나 태양의 위치를 이용했을까? 편광을 보았을까? 훈련된 통신용 비둘기처럼 대서양에서 들려오는 초저주파를 들을 수 있어 어느 쪽이 동쪽인지를 늘 알았던 것일까? 아니면 물고기가 바다에서 해류의 맛을 활용하듯 공기 중에 떠다니는 냄새를 활용한 것일까? 나는 알 수 없었다. 미샤의 확실한 걸음걸이와 확신에 찬 태도만으로는 아무것도 알 수 없었다. 더 깊이 알아내기 위해서는 실험이 필요했다. 다시 말해 미샤의 눈을 가린 다음 먼 곳에 가 풀어놓아 봐야 했을지 모른다. 하지만 그것은 우리의 관계를 생각하면 맞지 않는 일이었다.

그럼에도 미샤의 여행 능력과 관련해 두 가지를 알게 되었다. 첫째는 미샤의 기술이 어쩌면 선천적인 것은 아니라는, 적어도 전적으로 그렇지는 않다는 사실이었다. 만약 선천적이라면 다른 허스키들 또한 그 능력이 있어야 했다. 하지만 나는 방향을 읽을 줄 모르는 시베리아 허스키들을 알고 있었다. 그 중 하나가 미샤의 짝인 마리아였다. 둘이 함께 있을 때면 미샤가 자신들이 가야 할 길을 찾았는데, 그건 쉽지 않은 일이었다. 미숙하고 정력적인 마리아가 미샤를 앞질러 갔다가 종종 길을 잘못 들어 미샤가 따라잡아야 하는 일이 벌어졌기 때문이다. 그럴 때면 미샤는 말 그대로 마리아의 어깨를 밀쳐 방향을 틀게 했다. 하지만 아무리 애를 써도 마리아가 그 길로 가지 않으려 하면 포기하고 마리아를 따라갔다.

다른 개들은 대개 지도자에게 복종하기 마련이지만 마리아는 미샤에게 좀 버릇없게 굴었다. 미샤는 마리아가 하려는 게 틀린 줄 아는 때도 원하는 대로 해주었기 때문이다. 의심의 여지 없이 둘 중 미샤가 더 힘이 셌으니 얼마든지 지배력을 행사할 수 있었지만, 미샤는 마리아에게 완전히 반해 있었다. 그는 마리아가 하고 싶은 대로 하게 두었고, 마리아는 그것이 기쁜 듯했다. 하지만 그 결과 마리아는 스스로 길을 찾는 법을 배우지 못했다.

이 점에서 그 개들은 자동차에 탄 두 사람 같았다. 운전자는 승객보다 좀 더 능숙하고 수월하게 길을 익히기 마련이다. 훗날 안내해줄 미샤가 없자 마리아는 늘 길을 잃곤 했다. 입양한 딸인 파티마라는 이름의 개와 함께 나가도 길을 잃었다. 호주 출신 들개 종인 딩고와 스패니얼 간의 잡종인 파티마는 탁월한 항법사였는데도 말이다. 왜 그랬을까? 그건 그들 무리의 위계질서에서 마리아가 꼭대기에 있었고, 아랫대인 파티마는 맨 밑바닥 바로 위에 지나지 않던 터라 마리아가 파티마와 함께 돌아다닐 때면 선두에 서기를 고집했기 때문이다. 지배적인 위치에 있었지만 잘못 길들여진 마리아는 종종 임무를 그르치곤 했다. 하지만 비록 길을 잘 찾지는 못했어도 마리아는 아둔

하지 않았다. 길을 잃었다는 사실을 깨닫는 순간 파티마에게 도움을 청하기보다는 남의 집 문간에 가만히 앉아 있곤 했던 것이다. 파티마는 마리아를 따라 옆에 앉았고, 결국에는 내가 나타나 그들을 차에 태워 데려오곤 했다. 물론 마리아가 선택한 집주인들이 식별표를 보고 내게 전화한 것이었는데, 마리아는 내가 어떻게 해서 그곳에 와 있는지 따위에는 관심도 없었다. 충실한 딸을 발치에 두고 있던 마리아는 피로한 쇼핑객이 택시에 타듯 내 차에 올라탔다. 길을 잃어 두려운 상태에 있다가 내 모습을 보고는 아주 기뻐할 거라는 집주인들의 예상을 깨고 지극히 태연한 표정으로 말이다.

길을 찾아가는 미샤의 능력과 관련해 내가 알게 된 또 하나의 사실은 그가 도시에서는 실수 없이 길을 찾지만 그의 항법기술이 반드시 시골에도 적용되는 것은 아니었다는 점이다. 특히 제 발로 출발점에 가 있지 않았을 때는 더욱 그랬다. 때로 미샤와 마리아는 케임브리지에 있는 우리 집에서 32킬로미터나 떨어진 콩코드까지도 가곤 했는데, 며칠 후면 성공적으로 집을 찾아왔다. 발에 사슴 털이 묻어 있는 때도 있었지만 말이다. 하지만 나와 함께 뉴햄프셔나 낸터킷의 친척을 방문했다가 탐험을 떠날 경우 미샤는 마리아를 내 친척 집에 제대로 데려오지 못할 때가 있었다. 어쩌면 미샤가 낯선 환경이라 자신이 없어 마리아의 서툰 지도력에 의지했는지도 모른다. 이유야 어떻든, 시골에서 함께 길을 잃을 때면 그들은 마리아의 기술을 활용해 누군가의 문간에서 내가 차를 타고 오기를 기다리곤 했다.

미샤의 또 다른 중요한 기술은 교통 관리 능력이었다. 케임브리지는 미국에서도 난폭 운전으로 소문난 곳이다. 그렇지만 미샤가 차에 치인 적은 없었다. 미샤는 토목기사처럼 거리와 교통 체계를 네 개 범주로 나눠 각각에 대해 상이한 전략을 개발했다. 가장 위험한 최악의 지역은 센트럴, 포터, 하버드 광장같이 여러 방향으로 난 길들이 집결된 곳이었다. 미샤는 이 지역들은 철저히 피했다. 그중 한 곳에서 길을 건너야 할 때면 고민 없이 그곳을 빙 둘러서 갔다. 두 번째 범주는 에일와이프 파크웨이와 메모리얼 드라이브 같은 통행 제한 고속도로였는데, 과속 차량으로 붐비는 그곳은 개들에게 그 어디보다 위험했다. 그 고속도로에서는 개를 치어 죽인다 해도 어떠한 법적, 도덕적 책임도 묻지 않을뿐더러 개들은 키가 작아 운전자들이 볼 수가 없었다. 고속도로를 피할 수 없는 경우에 미샤는 공손한 태도로 외교술과 수완을 발휘해 사근사근하게 차량에 접근하는 방식으로 자신이 원하는 곳으로 갔다.

그다지 놀랍지 않은 일일 수도 있지만 많은 개가 자동차를 살아 있는 존재로 여긴다. 차를 뒤쫓는 개들은 그것을 규율과 보살핌이 무척이나 필요한, 덩치 크고 제멋대로 구는 동물로 여기고 어떻게든 제어하려 든다. 하지만 미샤는 자동차를 뒤쫓지 않았다. 다른 개들보다 인간에 의해 길들여진 시간이 아주 짧은 편에 속하는 허스키 미샤는 인간을 도와야 한다는 충동이 없었다. 자동차는 매우 위험하며, 특히 통행 제한 고속도로에서처럼 사나우면서도 제멋대로 행동하는 것처럼 보일 때는 더 그렇다는 사실을 잘 이해하고 있었다. 그래서 미샤는 자동차들에게 경의를 표했다. 고속도로의 차선 가장자리에서 머리와 꼬리를 내리고, 눈을 반쯤 감고, 귀를 정중하게 접은 채로 겸손하게 서 있었다. 혹시라도 자동차들이 미샤를 볼 수 있었다면 저 개가 그들의 권위에 도전할 뜻이 없다는 걸 알아차렸을 터다.

하지만 차량이 거의 없을 때면 겸손은 사라졌다. 귀를 쫑긋 세우고 꼬리까지 올린 채로 자동차 사이에 뛰어들곤 했다. 확신에 찬 모습이었다. 미샤는 고속도로 위를 가로질러 기분 좋게 제 길을 갔다. 미샤를 관찰하는 동안 나는 단 한 번도 타이어가 미끄러지는 소리를 듣지 못했다. 하지만 때로 나는 통행 제한 고속도로에서 미샤를 놓쳤다. 미샤가 가진 용기와 속도와 기술이 없었기 때문이다. 고속도로를 가로질러 건널 수 있을 때까지 미샤보다 더 오래 기다려야만 했다. 미샤는 잠시 반대편에서 기다렸지만 얼마 지나지 않아 내가 흥미를 잃었나 보다 생각하고는 계속 길을 가기도 했다. 미샤를 다시 부르는 것은 생각할 수도 없는 일이었다. 나 때문에 미샤가 사고의 위험을 무릅쓰게 할 수는 없었다. 그렇게 우리가 헤어지게 되면 나는 대개 그냥 집으로 갔다. 여행을 끝내고 돌아온 미샤는 거기서 자기를 기다리는 나를 발견하곤 했다.

교통과 관련한 미샤의 세 번째 영역은 도심의 대로를 포함한다. 케임브리지의 유명한 브래틀가街가 완벽한 사례다. 무엇보다도 미샤가 종종 이 거리를 주요 통행로로 이용했기 때문이다. 좀 더 정확히 말하면, 미샤는 한 동네에서 다른 동네로 갈 때 인간 보행자와 마찬가지로 브래틀가의 보도를 이용했다. 하지만 교차로를 건널 때면 보행자보다 더 낫고 지적인 방법을 활용했다. 우리 사람과 달리 미샤는 모퉁이에서 길을 건너지 않았다. 그 대신 교차로에서 몸을 돌려 모퉁이에서 5미터 남짓 더 가 길을 건넌 다음 브래틀가의 보도로 이어지는 보행로에 돌아와 계속해서 제 길을 갔다. 미샤가 늘 사용했던 방법임에도 나는 처음에 그것을 이해하지 못했다. 그런데 그 방식의 장점을 알게 되면서, 그 후로는 내가 미샤를 따라 했다. 미샤의 방식이 더 안전한 이유는 뭘까? 교차로에서는 네 방향에서 차량이 오가지만 모퉁이를 돌기만 하면 어디서건 두 방향에서만 차량이 이동하기 때문이다. 교차로를 피한 지점에서 길을 건넘으로써 방향을 트는 차에 부딪힐 확률을 낮추는 것이다. 미샤에게 그 방법을 배운 후로 나는 거리를 배회하는 거의 모든 개가 그렇게 한다는 것을 알아차렸다. 길을 건너는 데 좀 더 많은 시간이 필요하거나 안전을 위해 청력에 의존해야 하는 사람들의 경우와 같았다. 가령 시각장애인 중에도 똑같은 방법을 이용하는 사람들이 있다.

하지만 안전이 미샤의 유일한 고려 사항은 아니었다. 배회하는 개들이 주로 길을 건너는 자리의 건축 제한선 뒤에는 늘 나무나 가로등, 우편함이나 소화전이 있다. 개들에게 그 물체들은 여행자라면 꼭 들르곤 하는, 그래서 메시지나 표시를 남기기에 좋은 강기슭 길가의 숙소 같은 기능을 한다. 미샤는 늘

이 붙박이 물체들을 찾아 매번 조심스럽게 조사한 후 한 바퀴 돌아보고 다리를 들어 올렸다. 이것은 개를 돌보는 많은 이에게 아주 친숙한 광경이다. 사실상 모든 수컷 개들은 길을 가면서 영구적인 (혹은 그들이 믿기에 영구적인) 표시를 한다. 때로 미샤는 오줌을 조금 눈 다음 자국을 살펴본 뒤 다시 오줌을 누고 다시 자국을 살펴보는 일을 반복하곤 했는데, 어느 때는 그 과정을 대여섯 번 되풀이한 뒤에야 만족해하며 떠나기도 했다. 가끔은 발가락 끝으로 선 채 몸을 돌려 배를 위쪽으로 향하게 해 지상에서 위로 거의 1미터 가까운 지점까지 자신의 흔적을 남기기도 했다. 하지만 그 높이에 남긴 흔적이 늘 그를 만족시키는 것은 아니었다. 만족하지 못한 경우 다시 몸을 돌려 더 죽 뻗곤 했고, 그래서 조사할 때 흔적을 자신의 눈높이 이상에서 확인할 수 있었다.

이것은 무엇을 의미할까? 적어도 방광을 비우는 것 이상의 의미가 있다는 점은 틀림없었다. 만약 단순히 방광을 비우고자 했다면 다리를 드는 수고조차 할 필요 없이, 뒷발이 젖지 않도록 다리를 엉거주춤 구부린 채로 강아지들처럼 땅바닥에 오줌을 누면 될 것이다. 미샤가 다리를 드는 것은 영역을 표시하기 위한 시도였을까? 분명 흔히들 그렇게 생각한다. 나 또한 관찰을 시작하기 전까지는 그렇게 생각했다. 그래서 나는 미샤가 자신이 뭘 소유하고 있다고 느끼는지 알기 위해 흔적을 남긴 모든 장소를 추적했다. 하지만 곧 미샤의 영토로 추정되는 곳이 사실상 미샤가 가는 모든 곳이라는, 너무도 터무니없는 자료를 얻게 되었다. 이것이 가능한 일일까? 미샤처럼 영리한 개라면 어느 정도는 홈그라운드와 먼 곳을 구분하려 하지 않을까? 단 한 번 방문한 먼 지역에서는 사는 장소에서와는 다르게 행동하려 할 것이 아닌가? 그러나 미샤의 다리 들기는 집에서 얼마나 멀리 있는지와는 상관이 없었다.

주택가에서는 미샤의 태도가 달라졌다. 거기서는 자동차를 소심하지 않았으며 절대 보도로 다니지 않았다. 대신 머리와 귀를 앞으로 향하고, 꼬리를 들고, 앞을 주시하며 자신감에 찬 모습으로 대담하게, 분명한 목적이 있는 듯 길 한가운데로 나아갔다. 교차로를 건널 때도 태도를 바꾸지 않고 계속해서 앞쪽 길을 훑어보았다. 문제는 교차로에서 자신을 향해 속도를 내는 차를 볼 수 없다는 것이었다. 그러나 놀랍게도 미샤는 늘 자동차를 피했다. 어떻게 그런 솜씨를 부릴 수 있었을까?

만일 미샤의 양쪽 귀가 다른 허스키들처럼 빳빳하고 꼿꼿했더라면 나는 아무것도 알지 못했을지도 모른다. 그런데 미샤의 귀는 그렇지 않았다. 왼쪽 귀는 끝이 부드러웠고, 미샤가 느긋하게 걸을 때면 위아래로 출렁거렸다. 하지만 경계하거나 긴장할 때, 또는 뭔가 중요한 것을 보거나 생각할 때면 왼쪽 귀 끝이 솟으며 오른쪽 귀 끝처럼 빳빳해졌다. 어느 날 개를 연구하는 데 쓰는 자전거를 타고 미샤를 따라 골목길을 가다가, 교차로에 이르렀을 때 미샤의 왼쪽 귀가 빳빳해지는 것을 보았다. 미샤의 눈길은 습관대로 앞쪽 길에서 떠나지 않았지만 교차로에 가까워질수록 두 귀는 빳빳해지면서 바깥쪽으로 굽으며 옆쪽을 향하는 것이었다. 늘 그렇듯 속도를 바꾸지도 시선을 옮기지도 않은 채로 말이다. 그 순간 미샤는 길을 건널 준비가 되어 있었으며, 그때 귀 전체는 교차로를 위아래로 가리켰다. 차가 다가오면 그 소리를 들었다. 게다가 미샤의 청각은 차의 위치뿐만 아니라 속도까지 파악했다. 따라서 차에 치이지 않기 위해서는 속도를 높이거나 줄이거나 해서 차를 앞지르거나 차를 먼저 보내거나 하면 되었다. 옆 방향에서 들려오는 소리를 확인하러 시선을 옮길 필요도 없이, 나아가고 있는 거리를 대충 살피면서 미샤는 침착하고 자신감 있게 교차로를 유유히 건너갔다.

미샤는 왜 차량을 보지 않았을까? 그것은 미샤의 눈이 교차로에서 훨씬 떨어진 곳의 광경을 살피고 있었기 때문이다. 미샤가 접근하는 것을 감지한 주변의 개들이 모두 뜰과 현관에서 거리로 달려 나왔다. 그리고 미샤는 그 개들을 맞을 준비를 하고 싶어 했다. 자신이 눈에 띄기 전에 먼저 그 개들을 봄으로써 심리적으로 만남을 준비하길 원했던 것이다. 당연히 가장 가까이 있는 개가 꼬리와 귀를 세운 채 미샤에게 다가왔다. 다가오는 개가 약 10미터 거리에 이르면 미샤는 속도를 줄이며 상대편 개에게 정신을 집중한 채 좀 더 긴장한 자세로 나아갔다. 그런 다음 그 둘은 서서히 어울렸다.

미샤의 목이 둥글게 휘고 꼬리가 올라갔다. 상대편 개는 꼼짝하지 않고 서서 미샤를 맞았다. 미샤는 뻣뻣한 자세로 빠르게 다가갔고, 둘은 서로 약간 비켜선 채로 머리를 상대의 목에 올렸다. 미샤는 항상 머리를 돌려 상대 개의 눈을 비스듬히 보았다. 그와 달리 상대 개는 미심쩍은 듯 미샤를 똑바로 쳐다본 후에 머리를 약간 돌리곤 했다. 이 만남 동안 미샤의 꼬리는 바짝 들려 있었고, 귀는 앞쪽을 향했으며, 털은 약간 곤두서 있었다. 다른 개가 사타구니나 항문을 살피고자 할 때면 미샤는 뒷발로 옆걸음 쳐서 피했다. 그런 다음 결정적인 몸짓을 취했다. 목을 높게 굽히고, 코를 다른 개의 목털에 박다시피 한 채로 그 개의 옆구리를 마주했다. 이 일이 끝난 다음에야 자세를 바꿔 다른 개가 자신을 살필 수 있게 했다.

누구나 그런 만남을 보았을 것이다. 이따금 긴장이 누그러진 듯이 한쪽 개가 다른 한쪽을 엉덩이로 치기도 한다. 때로는 두 번째 개가 눈에 띄는 반응을 보이지 않아 계속해서 서로 원을 그리며 돌기도 한다. 어떤 때는 두 번째 개가 주춤거리며 귀를 접고 꼬리를 조금 내리기도 한다. 엉덩이 테스트가 참가자들에게 무슨 뜻이 있는지는 아무도 정확히 알 수 없지만, 어쩌면 그 개들은 서로의 크기를 가늠하는 것일지도 모른다. 어쨌든 그 테스트는 어떤 합의에 이르는 것을 돕는 듯하다. 개들은 그러고는 항상 곧바로 헤어져 각자의 길을 간다. 미샤는 자신과 만나고자 하는 모든 개에게 아주 은밀한 방식으로 엉덩이 테스트를 허락했다. 그리고 그러한 만남이 있을 때면 꼬리를 내리고 나타나는 다른 개에 비해 자신이 우월하다는 표시로 꼬리를 높이 들었다. 그런 다음 다른 개를 놀이에 초대하거나 다른 개의 초대에 응했고, 둘은 잠시 장난을 쳤다. 미샤는 다른 개가 자기 뒤를 따르도록 하기도 했다. 그럴 때면 앞으로 걸어가며 다른 개가 잘 따라오는지 뒤를 돌아보곤 했다.

언제나 실리적인 미샤는 작은 개들 주위를 얼쩡대는 짓은 하지 않았다. 옆을 재빨리 지나치거나 훌쩍 뛰어넘어가는 것이 전부였다. 큰 개들 주위를 돌지도 않았으며, 그들을 못 본 척했다. 미샤가 작은 개들보다 우월한 존재라는 건 누구나 알 수 있다. 또 미샤는 큰 개들이 자신보다 신체적으로 우월할 수도 있다는 것을 누군가 알아채기를 원치 않는 것이 분명했다.

대신 자신과 체구가 비슷한 4.5에서 7킬로그램 사이의—미샤가 만난 개들의 90퍼센트 이상이 그랬다—개들에게 주로 관심을 보였으며, 자기가 우월하다는 것을 보이려고 주위를 맴돌았다. 미샤는 암컷보다는 수컷 주위를 도는 데 더 많은 시간을 보냈다. 암컷들은 별로 적극적이지 않았고, 미샤의 성별과 태도를 파악할 만큼만 주위를 서성이다가 물러가곤 했다. 하지만 도전자의 성별이 어느 쪽이건 만남이 끝나자마자 미샤는 우월함을 유지한 채로 계속 길을 가면서 자신을 피하지 않는 모든 개와 똑같은 일을 반복했다. 그러면서 침착하기 그지없는 태도로 긴 직선을 그리며 주택가들을 지나, 다가오는 모든 개의 주위를 돌곤 했다.

처음에는 개들의 만남이 미샤가 길을 가는 것을 방해하는 장애물이라고 생각했다. 항법상 또는 교통상의 문제, 목표에 도달하기 위해 해결해야 하는 문제와 같은 것으로 여겼던 것이다. 미샤가 자신이 얻고자 하는 것을 결코 찾지 못하는 듯 보이는 상황을 나는 차츰 어리둥절해하면서 이 동네에서 저 동네로 미샤의 뒤를 따라다녔다. 이미 미샤가 교제를 원하는 것은 아니라는 결론을 내린 상태였다. 그도 그럴 것이 미샤는 어떤 개와도 1분 이상을 보내지 않았다. 그리고 미샤에게는 우리 집에 자신의 무리, 즉 충실한 아내와 아이들과 다른 개 두 마리—둘 다 퍼그로, 체구가 작은 탓에 처음부터 종속적인 지위에 있었으며, 우리가 다 함께 산책할 때면 미샤의 뒤를 졸졸 따랐다—가 있었다.(산책 갈 때면 미샤의 짝인 마리아에게 줄을 채워 둘이 함께 달아나지 않도록만 하면 되었다.) 또 나는 미샤의 여행이 교미가 목적이 아니라고 확신했다. 발정기인 암컷이 아주 드물었다는 것이 주된 이유였다. 떠돌이 개들은 동네를 더럽히기 마련인데, 품위에 민감한 케임브리지 시민들은 그런 짓을 용납하지 못한다. 특히 한 무리의 수컷 개들이 발정기에 이른 암컷 집 주위에 모여 서로 밀쳐대며 덤불 숲과 건물에 오줌 자국을 남기고 사람들의 다리에 기어오르는 것을 참지 못한다. 때로 나는 미샤와 함께 가면서 수컷들이 모여 서로 밀치는 것을 보긴 했지만, 암컷이 그들을 유혹했다는 증거는 전혀 없었다. 현실적인 미샤는 무리에 끼는 일이 드물었으며, 설사 끼더라도 오래 머물지 않았다. 내가 함께 길을 가는 동안 미샤는 말 그대로 다리를 올려놓을 암컷을 한 마리도 만나지 못했다.

마지막으로, 미샤가 여행을 하는 이유에서 교제와 교미에 더해 음식과 사냥 또한 제외했다. 집에서 먹이를 풍족하게 주어도 미샤는 언제나 조금밖에 먹지 않았고, 다른 사람이 주는 음식에는 관심을 보이지 않았다. 또 쓰레기통을 뒤지지도, 그 안에 든 것에 눈길을 주지도 않았다. 반면에 쓰레기통의 바깥 표면은 살폈는데, 아마도 거기에 다른 개의 흔적이 남아 있기 때문인 것 같았다. 패스트푸드 포장지 같은, 냄새 나는 음식물 관련 쓰레기에 미샤는 좀체 관심을 두지 않았다. 고양이와 작은 야생 포유류 같은, 교외 지역에 사는 동물들에 대해서도 무심했다. 대개 개들이 참지 못하고 뒤쫓는 다람쥐조차도 슬쩍 뒤쫓는 시늉만 하고 말았다. 쫓긴 다람쥐가 나무를 오르는 순간 이내 포기하고는 다시 갈 길을 서둘렀고, 케임브리지의 여러 동네를 지나치며 더 많은 개 주위로 원을 그리며 돌았다. 마침내 나는 다른 개들의 주위를 도는 것이 탐색의 부산물이 아니라 그것이야말로 목적이라는 피할 수 없는 결론에 이르렀다.

그 결론은 실망스러운 것이었다. 딴 사람의 허스키—자유분방하게 돌아다니는 녀석 탓에 그레이터 보스턴 전역의 경찰서가 내 이름을 알게 되었다—를 오랫동안 힘들여 관찰한 것이 갑자기 양파를 벗기는 일처럼 생각됐다. 노력해봐야 창밖을 보면서 얻을 수 있는 것 이상의 소득은 없는 것 같았다. 사냥을 안 한다고? 야생동물도 안 만나고? 이게 다야? 어느 날 밤 나는 미샤에게 좀 짜증스레 물었다. 자전거를 타고 미샤의 희미한 뒷모습을 쫓아 어두워진 또 다른 주택가를 지나던 참이었다. 미샤가 내 목소리를 들었다. 늘 앞만 보던 미샤가 어깨 너머로 고개를 돌려 빠르고 솔직한 눈길로 유쾌하게 나를 바라보았다.

나는 가을과 겨울 내내 계속해서 미샤의 뒤를 따랐다. 마침내 폭풍이 케임브리지를 눈으로 뒤덮고, 나무들은 온통 하얀 옷을 입었으며, 눈더미는 사람의 키보다도 높이 쌓였다. 그때 비로소 그 전에는 보이지 않던, 다른 개들의 발자국과 오줌 자국을 볼 수 있었다. 미샤뿐만 아니라 다른 개들 또한 대로를 건널 때는 교차로에서 약간 떨어진 자리를 이용하는 것이 분명했다. 사람이 쥔 줄에 묶여 있지 않은 다른 개들의 흔적을 보고, 그들도 나무나 소화전같이 냄새로 유인하는 물체가 있건 없건 길을 건널 때면 그 방법을 이용한다는 사실을 알 수 있었다. 만약 과거에 흔적을 남긴 물체가 있으면 개들은 마치 정해진 듯이 그리로 갔다. 다만 그곳에 가서 무엇을 할지는 예상할 수 없는 일이었다. 개들은 자신들의 흔적을 남길 뿐만 아니라—만약 그저 영역을 주장하는 것이 목표면 그게 끝이다—다른 개들이 남긴 자국을 조사하고, 그 위에다가 흔적을 남겼다. 미샤가 같은 장소에 두세 번 자국을 남기는 것은 다른 개들이 남긴 소량의 배설물 자국이 그대로 드러나 있을 때라는 사실도 알게 되었다. 아래쪽 자국이 완전히 지워진 것처럼 보일 때 비로소 미샤는 만족한 채 계속해서 길을 갈 준비가 된 듯했다.

그 이유는 무엇일까? 어느 날 미샤가 몸을 거꾸로 하다시피 한 채로 우리 집 현관 근처에 쌓인 눈 더미 위 높은 곳에 흔적을 남기는 것을 지켜보며 나는 그냥 다리만 들어서 저런 자국을 남기려면 몸집이 꽤 커야 할 거라는 생각을 하고 있었다. 그런데 문득 어떤 생각이 뇌리를 스쳤다. 어쩌면 그것이 핵심일지도! 미샤는 흔적을 남긴 자가 거구라는 인상을 주고 싶었는지도 모른다. 생각할수록 그럴싸한 설명 같았다. 아닌 게 아니라 확실한 인상을 남기는 것이 미샤의 궁극적인 전략 같았다.

어느 날 오후, 미샤가 얼마나 자신의 이미지를 신경 쓰는지 분명히 알게 됐다. 미샤는 통행 제한 고속도로에서 퇴근길의 차량 행렬을 통과해 도심의 대로에 이르렀고, 나는 그렇게 하지 못했다. 뒤돌아 그곳을 떠나려던 순간 세인트 버나드 한 마리를 발견했다. 이 커다란 개는 반려인의 소유지로 생각되는 곳이면 사납게 지키는 것으로 인근에 잘 알려져 있었다. 우리가 자기 앞마당을 지날 때 수상함을 느꼈던 그 개는 내가 돌연 돌아서자 거리로 나왔다. 그는 그곳에서 도전적으로 짖었고, 나는 어떻게 그 옆을 지나야 할지 망설였다. 그는 길 전부와 양쪽 보도를 자기 영토라고 주장하고 있었다. 그사이 미샤는 내가 곁에 없는 것을 알아차리고는 다시 한번 고속도로의 차량 행렬을 무릅쓰고 내가 있는 곳으로 돌아왔다. 미샤가 차량 행렬 사이에서 다시 모습을 드러내는 것을 본 세인트 버나드는 사납게 짖기 시작했다. 방향을 바꾸거나, 허둥대거나, 도망을 치거나, 아니면 그 개에게 일인자 자리를 양보해 체면을 잃는 일 없이 미샤가 그 옆을 지나갈 수 있을까? 미샤는 되돌아갈 수도 없었는데, 세인트 버나드가 뒤쫓아 오면 꼼짝없이 위험한 차량 행렬 속으로 내몰릴 판이었기 때문이다. 그렇다고 계속해서 가려던 길을 가다가 세인트 버나드의 영역 속으로 들어설 수도 없었다. 거기서 공격을 받게 되면 체면이고 뭐고 없이 잽싸게 줄행랑을 쳐야 할 터였다.

몇 초 동안 사태는 미샤에게 불리한 것처럼 보였다. 하지만 그 순간 미샤는 영리하게 문제를 해결했다. 마치 자신감을 표현하는 깃발처럼 꼬리를 높이 들고 고개를 든 채 느린 걸음으로 세인트 버나드를 향해 똑바로 다가갔다. 하지만 그 개를 쳐다보지는 않았다. 무슨 일이 있었는지 알아차릴 사이도 없이 미샤는 멀리 있는 뭔가에 눈길을 준 채 마치 세인트 버나드가 그곳에 없는 양 지나쳐 갔다. 만약 그 순간 괴물 같은 개가 공격을 하고자 했어도 이미 준비가 된 상태였다. 미샤는 그 거구의 개보다 훨씬 빨랐기 때문에 도망을 치는 것처럼 보이지 않고도 속도를 내어 달릴 수 있었다. 하지만 모든 게 너무나 순식간에 일어나버려 세인트 버나드는 어리둥절한 것 같았다. 미샤가 지나가 버리자 그 개는 애초에 미샤의 주의를 끄는 데 실패했다고 여긴 듯 더 크게, 더 빨리 짖어댔다.

포식자와 마주친 희생물의 태도를 다룬 글들이 많다. 가령 캐나다의 한 관찰자는 늑대 몇 마리가 나타났을 때 사방이 트인 곳에서 휴식을 취하던 아메리카들소 다섯 마리—그중 세 마리는 건강했지만 두 마리는 병약했다—의 태도를 묘사한 적이 있다. 늑대가 접근하는 것을 보고는 자칫 당할 수도 있다는 것을 알아차린 병약한 들소 두 마리는 서둘러 일어섰다. 반면에 건강한 들소 세 마리는 자신감이 있었기에 그 자리에 그대로 있었다. 그 행동의 함의를 늑대들은 놓치지 않았다. 그들은 얼른 병약한 들소 한 마리를 추적해 죽였다. 그러니 태도의 중요성이란 아무리 강조해도 지나치지 않으며, 이는 누구나 알고 있는 사실이다.

순록을 조사하러 온 캐나다 생물학자 네 명과 함께 캐나다 노스웨스트주에 딸린 배핀섬에 갔다가 발견한 한 살짜리 늑대의 태도가 기억난다. 우리가 찾은 배핀섬의 그 지역은 지도에 상세히 나와 있지 않았다. 우리는 듀라인(DEW Line, 미국이 북쪽 국경에 설치한 원거리 조기 경보 레이더망—옮긴이) 기지에서 연구 구역까지 120킬로미터쯤 툰드라를 통과해 걸어갔다. 배핀섬에는 인간이 거주한 적이 없어 동물들은 대부분 우리가 어떤 존재인지 알지 못했다. 그 문제의 늑대는 어미와 함께 언덕 가장자리를 지나가다, 길가에서 쉬고 있는 우리를 보았다. 두 마리 모두 우리 모습에 놀란 것처럼 보였다. 어미가 지평선 쪽을 향해 질주했다. 그러나 예기치 못한 상황에서 어떻게 해야 좋을지 모르는 좀 더 순진한 새끼 늑대는 더욱 전통적인 방식으로 행동했다. 우리 쪽으로부터 달아남으로써 상대의 포식 본능을 자극하는 위험을 무릅쓰는 대신, 일상적이고 태연한 태도로 별일 없다는 걸 안다는 듯 계속해서 걸어갔다. 하지만 그는 곧 둥지를 짓고 있던 노둑갈매기의 영역으로 들어갔고, 도둑갈매기는 하늘로 치솟았다 급강하해 늑대의 머리를 사납게 쪼기 시작했다. 나는 실제로 갈매기의 날카로운 부리가 새끼 늑대를 쪼는 소리를 들었다. 하지만 어린 늑대는 태연함을 과시하는 데 여념이 없어 아무 대응도 하지 못했다. 그는 끙끙대는 소리도 내지 못하고 계속해서 단호한 걸음으로 걸어갔고, 그사이 줄곧 새의 공격을 받았다. 새가 어찌나 심하게 물어뜯었는지 살갗과 털이 흩날렸다. 새끼 늑대는 갑작스러운 행동을 보여도 우리 중 누군가가 뒤쫓지 않으리라고 생각되는 곳으로 벗어났다고 느낀 순간 비로소 도둑갈매기와 맞설 수 있었다. 돌연 겁쟁이에서 악마로 변한 늑대는 공중으로 몸을 날렸고, 잘하면 갈매기를 잡을 뻔했다. 깜짝 놀란 갈매기가 비명을 지르며 퍼덕이자 깃털이 떨어져 나갔다. 간신히 다시 고도를 유지한 갈매기는 둥지로 되돌아갔고, 그사이 어린 늑대는 어미를 뒤쫓아 갔다.

미샤는 새끼 늑대와 마찬가지로 태연한 태도의 중요성을 이해하고 있었지만, 그의 적인 세인트 버나드는 그것을 이해하지 못했다. 그의 반려인은 자신을 위하는 세인트 버나드의 열정과 강렬함을 끝내 부담으로 받아들여 그를 지역 동물보호단체 보호소로 보냈다. 어쩌면 입양 제의를 받았는지도 모르겠지만, 사람들은 대부분 사납기 짝이 없는 거구의 개를 원하지 않는다. 아무도 그를 데려가지 않았다. 그 보호소는 개 전문 병원이기도 했는데, 나중에 그곳에 간 나는 작은 철제 우리 속에 무기력하게 서 있는 그를 알아볼 수 있었다. 우리의 눈길이 마주쳤다. 내 생각이긴 하지만, 나를 알아보는 듯 얼굴이 밝아졌다. 내가 도와주기를 간절히 바라고 있다는 걸 알 수 있었지만, 슬프게도 그럴 수가 없었다. 그는 반려인의 사랑을 받는, 보다 운 좋은 개들에게 수혈해줄 피를 채혈하기 위해 처리될 순서를 기다리고 있었다.

개에게 높은 서열이 필요한 이유는 무엇일까? 사람 사이에서 그렇듯 개들 사이에도 많은 이유가 있다. 야생동물, 특히 사회적인 동물에게 높은 서열은 자신뿐만 아니라 새끼들에게도 생존을 의미한다. 들개 사이에서, 심지어 풀어두고 돌보는 반려견 사이에서도 서열이 높은 수컷은 짝짓기를 위해 암컷의 선택을 받을 가능성이 더 크다. 한편 암컷의 서열은 새끼들에게 삶과 죽음의 갈림길을 만들 수 있다. 늑대들은 이 사실을 알고 있으며, 자유롭게 선택할 수 있는 개들 또한 이 사실을 알고 있다는 걸 몸소 보여준다.

케임브리지 거리에서 미샤를 관찰하던 중에 배핀섬에 간 나는 늑대들이 펼치는 극대치의 생존 투쟁 드라마를 보게 되리라고 생각했다. 하지만 실제로 맞닥뜨린 것은 다 자란 늑대 다섯 마리로 이루어진 외로운 무리가 굶주린 새끼 일곱 마리를 먹여 살리기 위해 갖은 애를 쓰는 모습이었다. 그들은 가족으로 보였다. 아마도 어머니와 아버지, 그리고 부모를 도와 자기들보다 어린 동생들을 돌보는 한 살배기 세 마리로 이루어진 듯했다. 그들은 강줄기를 따라 언덕 위로 연달아 있는 굴 다섯 개를 차지하고 있었는데, 벼룩을 피하는 방편으로 종종 늑대들이 그렇게 하듯 매년 다른 굴로 옮겨 다녔다. 그해에는 서쪽에서 동쪽으로 옮겨 가 네 번째 굴에서 생활하고 있었다. 나는 근처 언덕에서 작고 낮은 동굴을 찾아 혼자 야영하며 늑대들을 관찰했다.

초기에 발견한 것 중 하나는 통행로 체계였다. 그들의 통행로는 언덕에서 시작해 주변의 광대한 툰드라까지 이어졌다. 어느 날 늑대들의 주요 통행로인 동서로 펼쳐진 길을 따라가다가 별반 대수롭지 않고 사소해서 모르고 지나칠 뻔한 뭔가를 발견했다. 바위턱으로 이어지는 그 길이 얕은 홈이 된다는 사실이었다. 늑대들이 오가느라 홈이 생겨났으리라는 것은 의심의 여지가 없었다. 홈이 굴 입구로 곧장 연결된 것으로 보아

다른 동물이 만들었을 리는 없었다. 더군다나 그러한 길을 만들 수 있는 다른 동물도 거의 없었다. 늑대와 순록 외에는 새와 몇몇 곤충, 산토끼, 여우, 나그네쥐, 그리고 들쥐가 배핀섬에 사는 동물의 전부였다. 북극곰과 사람이 그 섬까지 찾아오는 일은 드물었다. 하지만 더 중요한 사실은 바위턱이 호수에서 곧장 솟은 높은 바위의 수직면에서 겨우 몇 인치 튀어나와 있을 뿐이고, 길이 너무 좁아 나나 다른 덩치 큰 동물이 지나갔다가는 얼음물로 떨어지기 십상이라는 것이었다. 그러니 배핀섬에서 늑대 외에 어느 정도 눈에 띄는 길을 만들 수 있는 유일한 동물인 순록에게 그 바위턱은 지나치게 좁았을 터다. 게다가 바위턱은 울퉁불퉁해서 길 여기저기가 물속에 잠겨 있었다. 처음에는 이 사실에 사로잡히는 데서 그쳤다. 늑대가 발목까지 잠기는 물에서 첨벙거리는 장면을 상상했던 것이다. 하지만 서서히 그 희미한 홈의 중요성이 선명해졌고, 마침내 내가 볼 수 있는 가장 중요한 장면을 보고 있는지도 모른다는 것을 깨닫게 되었다. 우리 집 근처의 어떤 산에는 등산화를 신은 사람 수천 명이 백 년도 넘게 지나다녔을 화강암 평석平石이 깔린 길이 나 있다. 등산객들이 홈 자국을 남기려면 얼마나 오랜 시간이 흘러야 할까? 그런데 만약 그 길이 늑대들만 사용하는 것이라면? 그것도 매년 대여섯 마리에 지나지 않는 늑대들뿐이라면? 일주일에 고작 몇 번 그것도 여름에만, 그리고 길과 호수에 얼음과 눈이 쌓여 있지 않을 때만 바위에 발을 올려놓는다면? 동물들이 아주 오랜 시간에 걸쳐 만든 뭔가를 발견하는 것은 드문 일이다. 그런데도 그것들 가운데 하나를 보게 된 것이다.

굴 또한 오래전부터 사용된 것처럼 보였다. 구멍 자체야 이따금 다시 팠겠지만, 늑대들이 언덕을 차지한 지 꽤 오랜 시간이 흐른 것이 틀림없었다. 얼마나 오래되었을까? 수천 년? 먼 옛날 크고 하얀 늑대들이 본토에서 배핀섬으로 이주하고, 섬의 변종인 작고 하얀 새로운 종의 늑대가 출현하게 된다. 그 초기 이주자들이 언덕을 발견하고 그곳에 정착한 것일까? 그랬을지도 모른다. 해가 거듭되어도 늑대들은 같은 길을 택해 언덕으로 향했다. 가장 낮은 지점에서 산등성이를 넘을 수 있을 뿐만 아니라, 습지로 가기에 가장 수월한 최상의 길이었기 때문이다. 새로 길을 내는 것보다 옛길을 손보는 것이 덜 수고스러운 일이기도 했다. 한데 바위에 홈이 패일 정도로 오랫동안 길을 지나다닐 만큼 늑대들이 특별히 그 언덕을 선호한 이유는 무엇이었을까? 그리고 이 늑대들은 누구였을까?

사실 그 언덕에는 늑대가 굴 근처에서 바랄 수 있는 모든 것이 있었다. 순록의 여름 서식지와 겨울 서식지 중간쯤에 있는 그 굴에서는 며칠만 돌아다녀도 괜찮은 사냥을 할 만한 곳에 이를 수 있었다. 게다가 새끼가 태어나 어미가 굴속에서 먹이고 따뜻하게 해줘야 하는 봄이면, 새끼를 거느린 순록들이 여름 목초지를 향해 바로 그 언덕 옆을 지나갔다. 또 아기 늑대들이 맹렬히 식욕을 느끼는, 그래서 어느 때보다 먹이가 많이 필요하나 아직 사냥은 제대로 하지 못하는 청소년이 되는 가을이면, 겨울을 대비해 살을 찌운 순록들이 다시 한번 새끼를 낳을 장소로 향하며 그 굴 옆을 지나갔다. 사냥하기 좋다는 것이 언덕의 유일한 이점은 아니었다. 얼핏 보기에도, 빙하 퇴적물로 이루어진 그곳의 토양은 그다지 어렵지 않게 굴을 팔 수 있는 데다가, 형태를 유지할 수 있을 만큼 단단해 늑대들로서는 무너지지 않는 굴을 얼마든지 팔 수 있었다.

그 언덕은 전망도 탁월했다. 높은 언덕들로 둘러싸인 광활한 분지의 중심에 있는 그 언덕에서는 사방 수 킬로미터를 볼 수 있으며, 남쪽으로는 개울에 맞닿아 있었다. 개울이 특히 중요했다. 왜냐하면 먹이와 달리 서로 공급해줄 수는 없는 마실 물을 굴속에서 자라나는 늑대들에게 제공해줄뿐더러 개울 자체가 울타리 역할을 했기 때문이다. 새끼 늑대 일곱 마리는 안전을 위해 굴속에 머물러야 했지만, 외롭게 굴에 남아 있기보다는 어떻게든 어른들을 따라나서려 했다. 당연히 어른들은 그것을 용납할 수 없었다. 새끼들이 따라오면 걸음이 느려져 사냥을 망칠 터였다. 그래서 적어도 출발할 때는 남쪽으로 방향을 잡고는 넓고 깊어 새끼들이 따라올 수 없는 개울을 뛰어 건넜다. 물이 너무 차가워 새끼들은 헤엄쳐 건널 수도 없었다. 새끼들은 개울가에 서서 쓸쓸히 울부짖으며 어른들이 갈지 머물지 잠시 망설이다가 마지못해 떠나는 모습을 지켜보았다.

그러므로 왜 하필 그 언덕에 굴을 팠는가, 하는 물음에는 쉽게 답할 수가 있다. 어떤 늑대라도 그런 곳을 원할 것이다. 세상에 그처럼 완벽한 곳은 드물기에 늑대들은 대부분 훨씬 열악한 조건에서 살아가야 한다. 그렇다면 그곳에 살기 시작한 늑대들은 누구이며, 다른 늑대가 아닌 바로 그들이 거주자가 된 이유는 무엇이었을까? 늑대가 세력권을 갖는다는 것, 다시 말해 특정 지역을 자신의 영토로 삼는다는 것은 잘 알려진 사실이다. 그들은 최선을 다해 다른 늑대들로부터 영역을 지킨다. 그 굴 자리를 소유한 늑대라면 누구도 그것을 낯선 늑대와 나눠 가지려 하지 않을 것이다. 이 사실만으로도 그들 가족은 그곳을 지키려 했을 테지만, 더 나아가 늑대들은 대개의 조류나 다른 많은 포유류와 마찬가지로 선조들이 물려준 보금자리를 선호한다. 하지만 지금 굴을 차지하고 있는 늑대들이 최초 정착자들의 후손일까? 수천 년 동안 한 굴이 같은 집안에 의해 점유될 수 있을까? 물론 이론상으로는 모든 것이 가능하지만, 그토록 오랫동안 점유한다는 것은 쉽지 않은 일이다. 아마도 그 빼어난 장소는 이따금 소유자가 바뀌었을 것이다. 내게는 그곳이 소수의 점유자, 이를테면 어느 대가족이 사는, 외딴곳에 고립된 중세의 요새 또는 성처럼 보였다. 그들은 침입자를 격퇴할 준비가 되어 있으면서도 하루를 대부분 테이블 위에 음식을 차리면서 보냈을 것이다. 그리고 소유권은 그곳을 짓거나 이전의 점유자에게서 빼앗은 영웅적인 선조에게까지 소급될 것이며, 부모에게서 자식에게로 전해졌을 것이다. 인간의 상속권도 결국 유력한 자식을 편애하는 것에 지나지 않는다. 이 점에 대해 더 많이 생각할수록, 나는 영지와 성을 소유하고 몇 킬로미터 주위에서 사슴을 사냥하던 유럽의 고대 지주계급이, 지배적인 암수 한 쌍의 군림하에 놓인 늑대 무리처럼 여겨졌다. 지배력과 소유권은 아주 밀접한 관련이 있었던 것이다.

이는 분명 늑대들에게도 마찬가지다. 굴에 대한 소유권은 그들에게 결정적이다. 피난처가 되는 굴이 없으면 무리가 해체될 수밖에 없기 때문이다. 어른 늑대들은 굴이 필요없다. 그들은 열악한 외부 환경에서도 견딜 수 있다. 하지만 새끼들은 그렇지 않다. 인간의 아기와 마찬가지로 새끼 늑대들은 체온을 유지하지 못해 북극의 겨울을 밖에서 나기 어렵다. 게다가 어린 늑대들에게 가장 위협적인 요소인 첫 겨울을 넘기려면 이미 거의 다 자라 있어야 하므로, 자랄 시간을 확보할 수 있도록 가능한 한 그해 일찌감치 태어나야 한다. 그런 이유로 늑대들은 2월에 짝짓기를 하고 눈이 녹기 훨씬 전인 3월에 새끼를 낳는다. 그런데 언 땅에는 굴을 팔 수 없으니 굴이 없는 늑대 부부는 날씨 탓에 새끼들을 잃을 수밖에 없다. 그리고 어떤 늑대 무리든 누가 새끼를 뱄는지와는 상관없이 굴속에서 새끼를 낳는 것은 우두머리 암컷이다. 따라서 소유권과 지배력은 늑대들에게는 생존권 자체이며, 개들 또한 이 사실을 기억하고 그에 따라 행동한다. 오래전 저장된 그 기억은 미샤가 다른 개들 주위를 즐겨 도는 이유를 부분적으로나마 설명해준다.

배핀섬 늑대들의 경우 오랜 영토 주위로는 광활하고 텅 빈 툰드라가 펼쳐져 있을 뿐이다. 북극의 식물들은 작고 땅 위에 바짝 붙어 있어서 바람을 막아주지 못한다. 바람은 구름을 몰고 오고 늑대들의 털을 헤치긴 하지만 아무 소리도 내지 않는다. 환한 북극의 태양 아래 이 외로운 침묵 속에서 어른이 된, 유능하며 수완이 좋고 책임감이 강한 늑대 다섯 마리는 고된 일에 시달리고 서로에 대해 너무도 익숙한 나머지 서로 별 교류가 없었다. 힘겹게 살아가는 이 고독한 늑대들은 그 어떤 지배력도 과시하지 않았다. 모두 가까운 가족인 터라 상기시켜 주지 않아도 누가 누구인지 잘 알고 있었다. 그리고 열심히 일하는 농장의 식구나 쓸쓸한 일군의 사냥꾼처럼 늑대들은 가혹한 세상 속에서 생계를 꾸려나가느라 다른 일을 할 짬이 없었다.

무리 중 네 마리는 혼자서건 짝을 지어서건 거의 언제나 멀리 사냥을 나갔고, 다섯 번째 늑대는 굴에 남아 새끼들을 돌보았다. 이 보호자는 너무도 피곤한 나머지, 귀찮게 구는 어린것들을 피해 주로 높은 바위턱 위에서 잠을 자며 시간을 보냈다. 새끼들은 한동안 지신들을 지켜주는 보호자에게 가고자 애를 썼지만, 결국에는 포기하고 잠잠해졌다. 다들 어디론가 가버렸고 보호자 또한 놀아주지 않으려 한다는 것을 알아챈 새끼 늑대들은 혹시 자신들이 잘못 생각했을지 모른다는 기대로 몇 분을 더 기다려보다가 끝내 굴속으로 들어갔다. 하지만 바깥세상에 대해 아주 잊지는 않았기에 사냥 나간 어른 중 하나가 음식을 갖고 돌아오는 순간 밖으로 뛰어나가 그를 에워쌌다. 돌아온 늑대가 머리를 숙이고 등을 구부리며 배를 들어올려 조각난 고깃덩이를 토해내면 새끼들이 달려들어 순식간에, 거의 1, 2초 만에 먹어치웠다. 그런 다음 새끼들은 집에 돌아온 늑대에게로 달려가 울부짖고 뺨을 비비며 더 많이 달라고 애결했다.

내가 관찰하는 동안 한두 번 있었던 일인데, 지위가 제일 높은 암컷인 새끼들의 어미는 고개를 숙여 어쩌면 자신이 먹으려고 했을지도 모를 고깃덩이—양은 처음보다는 적었다—를 다시 한번 게워냈다. 하지만 대개는 아낌없는 봉사를 한 번 한 후면 막 집에 돌아온 늑대는 새끼를 돌보던 늑대와 자리를 바꿨다. 발이 아픈 채로 돌아온 늑대는 새끼들이 얼씬거리지 못하는 바위턱에 몸을 웅크렸다. 그 전에 새끼들을 돌보았던 늑대는 몸을 죽 뻗고 흔든 다음 마치 포복을 하듯 코를 여기저기 대보고, 오줌을 조금 누고, 소리를 내보고, 근처 개울에서 물 한 모금을 마신 뒤 자리에 서서 어느 쪽으로 향할지 결정하려는 듯 1, 2분쯤 생각에 잠겼다. 조금 후 그물망처럼 얽힌 늑대의 길 가운데서 하나를 선택했다. 그리고 처음에는 마치 앞으로 해야 할 일이 얼마나 막대한지 따져보기라도 하듯 천천히 터벅터벅 걷다가, 마침내 일을 해야겠다는 결심이 선 것처럼 먼 곳에 있는 목적지를 향해 사무적인 태도로 땅에 코를 들이대며 속도를 내기 시작했다. 이제 그는 다시 한번 최선을 다하기 위해 떠났다. 왜 이 일을 해야 할까, 하는 자기 연민에 시간을 허비하지 않았다. 그사이 새로 새끼들을 돌보게 된 늑대는 지친 나머지 깊은 잠에 빠져 다른 늑대가 돌아와 교대할 때까지 잠을 잤다. 배핀의 한여름에는 어둠이 없으므로 나는 스물네 시간 내내 관찰할 수 있었다. 한번은 지친 늑대 한 마리가 바위턱에 잠자리를 마련하고는 교대할 늑대가 돌아와 다시 사냥을 나가기까지 열여덟 시간을 내리 자는 것을 보기도 했다. 그는 미동도 없이 처음 아홉 시간을 자고 나서는 고개를 들고, 한숨을 쉬고, 입을 벌렸다가 다물어 혀를 제자리에 놓더니 다시 아홉 시간을 더 잤다. 우직한 배핀섬 늑대들에게는 고된 노동과 수면이 삶 전체라고 해도 과언이 아니었다.

나는 현대의 도시민이라면 지루하다고 여길 수 있는 오지의 단조로운 일상을 늑대들은 좋아하고 있다는 인상을 받았다. 질서 잡힌 삶과 일상적인 일, 그리고 태양 주위를 돌며 계절이 반복되는 고요한 툰드라는 순록을 사냥하는 늑대들에게 모든 것을 예측할 수 있게 했을 터다. 늑대들은 며칠마다 한 번씩 먼 길을 떠나 마침내 마땅한 먹잇감을 찾으면 다가가서 공격해 쓰러뜨렸다. 배핀섬의 어른 늑대는 다 자란 순록의 절반 정도 크기이고, 순록은 사실상 섬의 유일한 커다란 먹잇감이다. 하지만 순록은 쉬운 먹잇감이 아니다. 암수 모두 뿔이 있기 때문인데, 멀리서 사냥할 수 있는 총이나 창 또는 화살은 차치하고 움켜쥘 수 있는 발톱조차 없는 늑대들에게는 특히 더 어려울 것이다.

실제로 순록 사냥은 너무도 어렵다. 덩치 큰 순록에게 다가가 한번 만져보는 것도 겁낼 대부분의 사람들에게 실제로 순록을 포획한다는 건 생각하기조차 어렵다. 하지만 사람만큼이나 겁이 많더라도 그래도 늑대라면, 겁에 질린 채 발을 망치처럼 휘두르며 물고 차는 거대한 동물의 목을 향해 달려가 물어 죽여야 한다. 이 싸움에서 상처 입지 않고 배까지 부른 상태로 돌아오는 것은 그 자체가 대단한 성공이며, 바로 그 점이 왜 늑대들이 사냥하지 않을 때면 단조롭고 질서 잡힌 생활을 원하는지를 설명해준다.

캐나다 과학자들과 함께 배핀섬에 갔을 때 강줄기 근처에서 모습을 드러낸 우리 일행은 그곳에 사는 늑대들에게 당혹스러운 불청객이었을 것이다. 어린 늑대와 그 어미가 처음 우리를 보았고, 어린 늑대가 도둑갈매기와 한바탕한 후 다시 만난 그들은 곧바로 굴로 돌아가 그 안에서 울부짖었다. 밖에 나가 있는 다른 늑대들을 부르는 것 같았다. 실제로 한 시간쯤 후에 늑대들이 모두 함께 울부짖었는데, 오르락내리락하는 특유의 울음소리는 어쩌면 우리 일행에 맞선 그들의 연대를 표현하는 동시에, 강줄기가 자신들의 소유니 우리는 딴 곳으로 가야 한다고 말하는 것 같았다. 늑대의 울음소리는 낮게 시작해 갑자기 높아진 후 천천히 낮아지는데, 이어지는 목소리가 어느 지점에서 앞선 목소리와 합류해 그 효과가 돌림노래로 이루어진 다성 음악처럼 들린다. 늑대들은 함께 울부짖기를 좋아한다. 그들이 울부짖기 전후로 드러내는 얼굴 표정과 열렬한 태도를 보면 알 수 있다. 나는 그 경험이 서로에 대한 긍정적인 감정을 강화하는 것이 틀림없다고 믿고 있다. 그것은 인간도 마찬가지다. 인간이 스포츠나 시합 같은 중요한 경쟁을 앞두고 단합을 도모하기 위해 함께 노래를 하는 것처럼 늑대들도 그렇게 하는 것이다.

우리가 울부짖는 소리를 들었을 때, 함께 있던 과학자 클라이브 엘리엇Clive Elliott은 우리가 나타났기 때문에 늑대들이 동료를 불러 모은 것이라고 말해주었다. 더욱이 어린 늑대와 어미가 다른 늑대들에게 우리 곁에 오지 말도록 경고했다는 것이다. 이 말은 결국 사실로 드러났다. 신비하게도 우리가 그곳에 머무르는 동안 늑대들은 그들이 우리를 발견했던 장소에 얼씬도 하지 않았다. 그곳에는 우리의 메인 캠프가 자리하고 있었는데, 늑대들을 위협하기는커녕 냄새 좋은 먹이로 유혹했는데도 소용없었다. 늑대들은 나중에는 태도가 누그러들어 자신들의 굴 바로 옆에 위치한 내 캠프에 모습을 드러내기도 했고, 울버린 한 마리가 기꺼이 찾아와 먹이를 맛있게 먹기도 했다. 하지만 클라이브가 예측했듯, 늑대들은 그날 이후 메인 캠

프를 피했다. 우리를 목격한 어린 늑대와 어미가 다른 늑대들에게 놀랍고도 곤란한 일이 일어났다고 얘기하기라도 한 양 말이다. 사실, 아마도 그렇게 행동했을 거라는 뜻이다. 우리 중 어느 누구도 늑대들이 어떻게 의사소통하는지에 대해 알지 못했다. 늑대 사이의 소통은 인간이 동물들에 관해 온전히 이해하지 못하고 있는 많은 것 중 하나에 불과하다.

배핀섬의 늑대와 달리 우리 집 개들은 자신들의 의지와는 상관없이 드라마 같은 삶을 살고 있었다. 이것이 도시에 사는 개들의 운명이다. 몇 마리가 함께 살며 어느 정도 원하는 것을 할 수 있을 때, 특히 그들 전부가 인척간은 아니거나 그들 무리가 이따금 이웃의 개들과 서로 만날 때 그렇다. 각자의 지위가 확고하게 구축된 채 고립되어 살아가는 것처럼 보이는 배핀섬의 늑대 가족과 달리 우리 개들은 위계를 재조정하는 데 많은 시간과 정력을 쏟았다. 그 이유는 무리가 구성된 방식 때문인 것 같았다. 늑대들이 부모와 다 자란 아이와 어린 새끼들로 이루어진 실제 가족이었던 데 반해 우리 개들 가운데 일부는 친구 정도 사이에 지나지 않았으며, 최소한 처음에는 서로에게 헌신하는 마음도 없었다.

무리는 빙고라는 이름의 어린 수컷 퍼그로 시작되었다. 자신감에 찬 조그마한 존재 빙고를 사람들은 아주 좋아했고, 빙고도 그 사실을 알고 있었다. 넌 다 큰 강아지야. 아버지는 그에게 다정하게 말하곤 했다. 빙고는 아버지의 무릎 위에 앞발을 올리고 얼굴을 들여다보는 것으로 그에 보답했다. 그러던 어느 날 빙고는 자동차에 뛰어들어 치이는 바람에 한쪽 눈을 잃었다. 그는 병원에서 다정하면서도 솔직한 태도와 용기로 수의사의 호감을 샀고, 수의사는 그를 입양하겠다는 제안을 했다. 하지만 우리는 빙고를 사랑했기에 헤어지고 싶지 않았다.

어쩌면 우리는 무리 속의 개들이 우리 눈앞에서 펼치는 풍요로운 드라마에 대해서는 깨닫지 못한 채 빙고만 보살폈을 수도 있다. 딸을 위한 암컷 강아지는 두지 않고 아들을 위한 수컷 강아지만 돌보는 것이 공평하지 못한 처사라는 결정을 내리지 않았다면 말이다. 우리는 쇼에 출연하도록 길러진, 족보가 화려한 암컷 퍼그 한 마리를 입양했다. 그 불쌍한 강아지는 곧 과도하게 흥분하는 불안정한 성견으로 자라났는데, 흥분 상태에 이르면 호흡이 어려워져 정신을 잃을 정도였다. 나중에 알게 된 일이지만, 이것은 얼굴이 기형적으로 짧게 품종 개량된 종에게는 흔한 일이었다. 부비강과 치아의 수도, 혀와 연구개와 비강의 부피도 보통 개들과 다름없음에도, 기관들을 수용할 공간이 부족해 모든 기관이 기형적인 두개골 속에 억지로 밀어 넣어진 꼴이 된 것이다.

바이올렛—내 딸이 그 암컷 강아지의 이름을 이렇게 지었다—은 과하게 개량되어 빙고보다 더 기형적이었다. 그리고 안타깝게도 빙고만큼 똑똑하지 못했다. 가령 과도한 운동이 숨을 가쁘게 해 발작을 일으키며 쓰러질 수도 있다는 것을 기억하지도 이해하지도 못했다. 그래서 여러 번이나 쓰러졌다. 또 개들이 다들 지닌 기술도 배우지 못했다. 우리는 바이올렛을 어느 정도 집에서 보살필 수 있도록 교육시킨 것만으로도 성공으로 여겼다. 그는 주위 것들에 대해서는 금방 잊었고, 결코 줄을 풀어놓아서도 안 되었다. 한번은 연못의 좀개구리밥을 풀밭으로 착각해 달려갔다가 익사할 뻔한 적도 있었다.

강아지 쇼에 전시되는 것 외에는 아무 일에도 적당치 않다는 것을 알게 된 많은 이가 우리에게 바이올렛을 보낼 만한 마땅한 곳을 알아보라고 얘기했다. 하지만 바이올렛은 그렇게 되는 것을 좋아하지 않았을 터다. 바이올렛의 마음은 우리 집에 있었으며, 온전치 못하다고 해서 사랑할 수 있는 능력이 없는 것도 아니었다. 오히려 애정을 표현하는 데 상당한 재능이 있었다. 하지만 그 애정의 대상은 우리가 아니었다. 비록 먹여주고 아껴주고 침대 위에서 자게 해주었지만, 바이올렛은 우리에게 무미건조한 선의만을 보일 뿐, 더 깊은 감정은 빙고를 위해 남겨놓고 있었다. 빙고에게 눈길을 준 순간부터 바이올렛은 빙고를 무척 좋아했다. 빙고 옆에만 있으려 했고, 빙고에게만 애정을 쏟았다. 빙고가 어딜 가든 따라다녔고, 빙고의 목소리만 들어도 짖어댔다.

바이올렛을 향한 빙고의 애정은 빙고를 향한 바이올렛의 사랑만은 못했다. 그렇지만 빙고는 바이올렛에게 의존했다. 결혼한 꼬마 신랑 신부처럼 둘은 자기들만의 일을 꾸미곤 했다. 함께 좋아하는 잠자는 방식이 있었고, 빙고가 먼저 식사를 끝내면 바이올렛은 자기 음식을 내주었으며, 바이올렛이 빙고가 잃은 눈 쪽으로 빙고의 어깨를 밀치며 앞서가기라도 하면 서로 옥신각신하기도 했다. 갓 결혼한 어린 남편처럼 빙고는 집 밖에 있을 때면 자신과 바이올렛을 집 안으로 들어가게 하는 것을 제 의무로 생각했다. 그 목적을 위해 뒷다리로 선 채 나무문을 사납게 긁어대기도 했다. 너무도 열중한 나머지 문에 깊은 자국을 남기기도 했는데, 그중 어떤 것들은 판자를 뚫을 정도였다. 바이올렛은 항상 곁에 앉아 초조하게 그 모습을 지켜보았다.

신체적으로 건강하지 못했던 바이올렛은 무언가 같이 하기에는 그다지 좋은 동료가 아니었는데, 특히 아이에게 그랬다. 빙고가 세 살, 바이올렛이 두 살이었을 때, 우리는 딸을 위해 무언가를 해줘야 한다는 것을 깨달았다. 그렇게 바이올렛은 나의 반려견이 되었고, 딸을 위해 세 번째 개인 멋진 허스키 강아지 마리아를 입양했다.

건강하고 정력적인 마리아는 바이올렛에게 없는 모든 것을 갖추었다. 빙고는 곧 마리아에게 큰 관심을 가지게 되었다. 나이가 가장 많아 집안에서 지배적인 위치에 있는 빙고는 마리아에게 깊은 인상을 주려 했다. 마리아가 다니는 길을 몸을 꼿꼿이 한 채 어슬렁대면서도, 귀는 늘어져 있고 얼굴엔 애정이 가득했다. 빙고의 몸짓 언어는 마리아가 자기보다 어리며, 이 집안에서는 손아래이고, 따라서 모든 점에서 자신이 우월하다는 것을 말하고 있었다. 하지만 그 모든 것은 아무것도 아니었는데, 빙고가 이미 마리아에게 크나큰 애정을 느꼈고, 마리아를 자신의 추종자이자 연인으로 원했기 때문이다.

차분하고 어린 마리아는 이 모든 것을 다소 태연한 태도로 지켜보았다. 새로 나타난 존재이긴 하지만, 태어나 첫 다섯 달을 부모와 자매와 삼촌과 보낸 터였다. 개들과 어울린 경험이 풍부했기에 개로서 훌륭한 태도를 취할 줄 알았으며, 어떻게 처신해야 하는지도 잘 알고 있었다. 마리아는 꼬리를 내리긴 했지만 귀는 곤두세운 채로, 다소곳하면서도 어중간히 순종적인 태도를 내비쳤다. 좋은 시작이었다. 마리아는 빙고를 기꺼이 존중하긴 하지만 그들의 미래 관계가 어떻게 전개될지는 두고 봐야 한다는 의중을 내비쳤다. 개들은 한집에 있다고 해서 저절로 가까워지지 않는 것이다. 오히려 함께 사는 개들은 모두 그렇진 않더라도 많이들 동기나 사무실 동료와 비슷한 관계로 정착된다. 그들은 즉시 서열을 구축하지만, 그 후에는 분쟁을 피하는 정도에서 만족하는 것이 일반적이다. 침입자에게 경고하거나 다른 개들을 쫓아내거나 하는 과제가 생길 때면 한집에 사는 개들은 항상 협력하며, 때로는 함께 여행하거나 사냥을 나가기도 한다. 시골에 사는 경우 특히 더 그렇다. 하지만 그러한 협력은 그들의 관계가 서로에게 상냥한 것 이상은 아니라는 의미일 뿐이다.

빙고와 달리 바이올렛은 자신의 서열을 구축하려는 그 어떤 노력도 하지 않았다. 그러기는커녕 마리아의 등장이라는 문제를 이해하지 못하는 것처럼 보였다. 마리아가 바이올렛보다 훨씬 튼튼하고 정력적인 것은 사실이었다. 마리아는 초기의, 즉 원시적인 개의 것 같은 길고 반짝이는 하얀 이빨을 가졌지만, 바이올렛은 볼품없이 휘어진 작은 치아밖에 없었다. 사람들이 수세기에 걸쳐 가혹하게 길들인 나머지, 불운한 퍼그에게 남은 전부라고 할 만한 것들이었다. 그렇다 하더라도 함께 살게 된 집에서 작지만 나이 많은 개가 새로 온 덩치 큰 어린 개를 강력히 제압하는 경우는 흔하다. 바이올렛이 아직 어린 마리아에게 어떤 심리적인 영향을 끼치려고 노력했다면 사정은 더 나아졌을 것이다. 바이올렛이 제구실하지 못해 생겨난 틈 속에서 마리아는 생쥐를 갖고 장난치는 고양이처럼, 장난감을 갖고 노는 아이처럼 바이올렛을 대하게 되었다. 그럴 때마다 가엾은 작은 바이올렛은 성이 나 달려들어서는 헉헉대고 으르렁대며 마리아를 물려고 했다. 그러나 마리아가 바이올렛의 절망적인 상태를 잘못 이해하고 그 주위에서 춤추듯 까불대는 바람에 결국 사람이 개입해 둘 중 하나를 떼어놓아야 했다.

마리아와 관련해 바이올렛을 가장 괴롭힌 문제는 빙고가 마리아를 아주 좋아했다는 사실이다. 빙고는 바이올렛은 무시한 채 매일같이 귀를 내리고 부드러운 표정을 짓고는 꼬리를 살랑살랑 흔들면서 마리아 옆에서 왔다 갔다 하며 그의 마음을 뺏으려 했다. 바이올렛은 빙고가 하는 짓을 번번이 막으려 했다. 마치 빙고를 옆으로 넘어뜨리려는 듯 요란스럽게 짖어대며 달려가 가슴으로 빙고의 어깨를 밀치곤 했다. 그러면 빙고는 몸을 돌려 갑자기 으르렁거리다가 곧바로 조금 전의 유쾌한 표정을 되찾았다. 마리아가 자신이 분노의 대상이라고 오해할까 봐 오랫동안 분노를 되새기지는 않았던 것이다. 하지만 빙고의 짧은 으르렁거림만으로도 바이올렛에게는 충분히 충격적이었다. 그사이 서열이 한참 밀려 마리아를 직접 공격하는 것은 생각조차 할 수 없었던 바이올렛은 결국 저 구석으로 물러가 조용히, 의기소침하게 앉아 있곤 했다.

문제는 마리아가 한 살이 되어 두 번째 발정기의 조짐을 보일 때 가장 심각했다. 빙고는 넋이 나갔다. 노력을 배가하여 마리아가 가는 곳이면 어디든 따라갔을 뿐만 아니라 자못 감동적이게도, 어쩌면 실제보다 커 보이게 하려는 이유에서인 듯 발끝으로 걷기까지 했다. 마리아는 주의를 끌려는 빙고의 노력에 거의 숨이 막히는 것처럼 보였다. 항상 빙고를 무시하려 했지만, 빙고가 끈질긴 노력으로 그것을 불가능하게 만들 때면 한 번 쏘아본 후 딴 곳으로 갔다. 때로 소파 위로 뛰어 올라가 몸을 단단한 공처럼 만든 상태에서 화난 눈으로 바라보곤 했다. 빙고를 위해서 꼬리를 옆으로 들 생각이 없는 것이 분명했다.

개에게도 도덕이 있는가? 빙고에게는 있었다. 마리아를 숭배했기에 마리아를 기쁘게 하는 일이라면 본래 뭐든 하고 싶어 해야 했다. 그럼에도 어느 날 밤, 빙고는 자신이 옳다고 생각하는 것을 이루기 위해 마리아에게 도전했다. 빙고의 행동을 기술하는 것이 나 자신의 창피스러운 행동을 드러내는 일이긴 하지만, 나는 여기서 그 얘기를 하고자 한다. 신비스러우면서도 특별한 일이기 때문이다.

우리 집 부엌에는 칸이 나뉜 커다란 우리가 있다. 아이들은 그곳에서 잉꼬 두 마리와 하얀 생쥐 세 마리를 돌보고 있었다. 몇 주 동안 마리아는 그 안에 든 작은 동물들을 무시했지만, 어느 늦은 밤 희미하게 불이 밝혀진 부엌을 지나다가 그것들을 처음 발견한 듯 장난스럽게 잉꼬 한 마리에게 달려들었다. 물론 잉꼬는 날아올랐고, 그 때문에 생쥐와 다른 잉꼬 또한 몹시 놀랐다. 마리아는 날개를 퍼덕이며 갈팡질팡하는, 두려움에 사로잡힌 잉꼬를 붙잡기 위해 미친 듯이 우리 주위를 돌았다. 그때 나는 마리아를 말려야 마땅했다. 하지만 마리아가 그것들을 다치게 하지는 못하고 다만 놀라게 할 수 있을 뿐이었기에, 그리고 실제 공격하기보다는 쫓는 행위 자체를 즐기는 모습에 매료되었기에 나는 양심의 가책을 느끼면서도 우리 속에 갇힌 동물들에게는 공포스러울 수도 있는 그 상황을 그냥 내

버려두었다.

한데 갑자기 뭔가가 마리아의 옆구리를 세차게 박았고, 마리아는 비명을 지르며 넘어졌다. 빙고가 아무도 모르게 부엌으로 들어온 것이었다. 이제 빙고는 놀란 마리아와 우리 사이에 버티고 서 있었다. 이내 정신을 차린 마리아는 빙고를 무시하고 다시 우리를 향해 돌진했다. 하지만 빙고는 위엄있게 한 번 짖더니 다시 마리아를 박았다. 놀란 마리아는 동작을 멈추더니, 너무도 어리둥절한 상황일 때 개들이 그러는 것처럼, 그 장소를 떠나 부엌 한쪽 구석에 가 다음에는 무슨 일이 벌어질지 지켜보았다. 그리고 그곳에 그대로 머물렀다. 우리는 모두 반쯤 불이 밝혀진 부엌에서 조용히 있었고, 빙고는 감정이 북받쳐 몸을 떨고 숨을 헐떡이면서 마리아를 경계하듯 지켜보았다. 마리아는 예기치 못한 사건 전환에 압도되어 있었고, 나는 빙고를 앞에 두고 나 자신이 창피하다는 생각이 들었으며, 생쥐와 잉꼬는 지친 나머지 꼼짝하지 않고 있었다. 빙고는 마리아가 부엌을 떠날 때까지 수위처럼 자신의 자리를 지켰다. 그때 비로소 나는 사과하는 의미에서 손을 내밀었다. 말 없고 얌전한 태도로 빙고가 아주 살짝 내 손가락에 혀를 댔다.

무슨 일이 있었던 것일까? 빙고는 무력한 생쥐와 새들을 지키러 왔던 것일까? 가능한 일이지만, 그보다 나은 설명을 생각할 수도 있을 것 같다. 가령 빙고는 좀 더 큰 개들이 가축들을 대하듯 생쥐와 잉꼬를 보호가 필요한, 자신의 반려인에게 속한 뭔가로 보았을지도 모른다. 아니면 마리아가 과도하게 흥분한 상황을 문제가 있는 것으로 보고 통제하고 싶어 했는지도 모른다. 어느 쪽이건 빙고의 행동은 그의 도덕성을 잘 보여준다. 사랑에 빠진 개들에게는 연인이 원하는 것이면 뭐든 하게 해주는 경향이 있지만, 빙고는 자기가 생각하기에 마리아가 잘못된 짓을 하자 이를 막은 것이다.

이 무렵 네 번째 개가 출현했다. 바로 미샤였다. 그의 반려인이 유럽으로 떠나게 되었는데, 그 전에 새로운 집에 익숙해지도록 시험 삼아 데려온 것이었다. 미샤는 반려인 부부보다 앞서 현관문 안으로 뛰어 들어왔다. 우리가 줄에 묶인 미샤를 풀어주고 있는데 마리아가 부엌에서 나왔고, 빙고도 누가 왔는지 보러 꼬리를 흔들며 아래층으로 내려왔다. 이런 상황에서 빙고의 역할은 대개 방문객이 받아들여질 때까지 요란스럽게 짖어댄 후, 환영하는 뜻에서 앞발을 방문객의 무릎 위에 올려놓은 다음, 마치 안내하듯 그에 앞서 천천히 걸어 들어오는 것이었다. 빙고는 이번에도 그럴 참이었지만 자신보다 덩치가 큰 낯선 미샤를 본 순간 걸음을 멈추더니 위협적인 태도로 전진하기 시작했다.

하지만 미샤는 빙고를 알아채지도 못했다. 그의 눈이 마리아의 눈과 마주친 것이다. 미샤는 빙고의 머리를 뛰어넘어 미끄러지더니 마리아의 앞에 멈춰 섰고, 마리아는 그 즉시 놀이에 초대한다는 뜻으로 발꿈치를 내렸다. 마리아의 몸짓은, 나를 쫓아봐, 하고 말하고 있었다. 미샤는 그렇게 했다. 신이 난 두 마리는 소파에서 창 밑 의자와 테이블로, 그런 다음 다시 소파로, 온 방을 빠르고 가볍게 누비고 다녔다. 가구가 긁히는 소리가 나고, 이따금 모르고 부딪힌 책과 그 밖의 물건들이 넘어지는 것 외에는 방 안은 아주 조용했다. 둘의 발은 거의 바닥에 닿지도 않았다. 눈을 반짝이며 행복에 겨워하는, 힘이 넘치는 개 두 마리의 모습은 내가 보아온 그 무엇보다도 사랑스러웠다. 이런 장면이라면 언제까지라도 볼 수 있을 것 같았다.

그런 중에도 빙고는 자신의 존재를 알리려 애쓰고 있었다. 빤히 쳐다보는 미샤 앞에서 자신의 우월한 지위를 과시하며 앞뒤로 천천히 걸어다니고 싶었을 것이다. 하지만 바닥에 있는 빙고와 달리 미샤는 우아한 마리아를 뒤쫓아 가구 위로 뛰어다녔으므로 빙고의 과시는 누구의 눈길도 끌지 못했다. 미샤가 눈길조차 주지 않자 빙고는 위협의 기세를 더했다. 미샤가 소파에서 뛰어내리는 순간 빙고는 그 앞으로 몸을 던져 미샤의 다리를 깨물려고 했다. 하지만 미샤는 바닥에 닿기가 무섭게 다시 몸을 날렸고, 그 과정에서 의도치 않게 빙고를 넘어뜨렸다. 빙고는 으르릉거리며 미샤의 뒤를 쫓았다. 몸을 날리며 뛰어다니는 사랑스런 개 두 마리 사이에 빙고가 있게 되었다는 것을 문득 깨달은 우리는 빙고를 쫓아가 잡아서 다른 방으로 데려갔다. 미샤와 마리아는 서로에게 정신이 팔린 나머지 아무것도 알아차리지 못했다. 미샤는 그의 반려인이 가는 것도 알지 못했다.

첫 만남이 있은 지 일주일쯤 지나자 마리아는 짝짓기를 할 준비가 된 것 같았다. 발을 단단히 디딘 채 어깨 너머로 미샤를 애정 어린 시선으로 쳐다보며 꼬리를 옆으로 젖혀 몸에 거의 닿게 했다. 미샤는 마리아의 몸에 타 앞발을 마리아의 등에 걸쳤다. 그들의 몸이 겹쳐졌다. 처음이었던 마리아는 한 번 울부짖었지만 저항하지는 않았다. 곧 그들은 하나가 되었다. 귀는 접고, 얼굴에는 부드러운 미소를 띠고, 입은 벌린 채로 그들은 가쁜 숨을 쉬었다. 체온이 올라갔고, 한 덩어리가 된 채로 바닥에 주저앉았다. 한참 후 떨어진 그들은 서로에게 몸을 돌려 입을 맞춘 다음 방 안을 뛰어다녔다. 마침 뜰로 향하는 문이 열려 있던 터라 밖으로 달려나가 서로를 기쁜 듯이 쫓아다녔다. 기특하게도, 그곳에 있던 빙고도 기분이 좋은 듯 둘과 기쁨을 나눴다. 빙고는 부드러운 표정으로 우리를 사랑스럽게 쳐다보았는데, 마치 그 위대한 사건에 대한 우리의 승인을 이끌어내려는 것 같았다. 하지만 대개의 경우 그는 미샤와 마리아와는 떨어져 방 한쪽 구석에 있다가 그들에게 한두 번 다가가볼 뿐이었다. 짝짓기 현장에 있는 많은 개가 그러듯이 평온하고 기분 좋은 태도로, 그러나 제 차례가 올 거라는 일말의 기대도 없이.

빙고로서는 기대하지 않는 것이 옳았는데, 그 이유는 마리아가 그에게 용기를 준 적이 없었기 때문이다. 또 한 시기에 두 마리 이상의 수컷과 짝짓기를 하거나 여러 날에 걸쳐 다른 개들과 교미해 한배의 새끼들이 서로 다른 아버지를 갖게 하는 여느 암컷 개들과 달리, 마리아는 빙고를 단 한 번도 받아들이지 않았다. 미샤에게 너무도 충실한 마리아는 바깥에서 오줌을 눌 때도 표시를 남기지 않았다. 발정기의 암컷 개들은 흔히 냄새가 행인의 발에 묻어 먼 곳까지 옮겨지도록, 엉거주춤 쪼그리고 앉아 한 다리를 들고서 나무처럼 길가의 큰 물체 아래쪽에 오줌이 향하도록 하는데도 말이다. 몇 해가 지나 더는 미샤를 만날 수 없게 되었을 때는 마리아도 자신의 성적 상태를 알리려 하긴 했다. 그리고 다른 개들을 받아들이고자 하는 의지도 보였다. 그래도 빙고만큼은 받아들이지 않았지만 말이다.

처음 만난 날부터 미샤와 마리아는 함께 식사와 외출을 하고 몸을 나란히 맞댄 채로 잠을 잤다. 미샤의 반려인이 다시 데리러 왔을 때는 억지로 끌고 가야 했을 정도였다. 그러나 한 시간도 채 못 되어 미샤는 울타리를 넘어 다시 돌아왔다. 그는 울타리 아래에 굴을 파 마리아가 뜰 밖으로 나갈 수 있게 했고, 마리아는 그의 여행 동반자가 되었다. 그들은 온종일 밖에 나가 있었는데, 때로는 밤에도 없어지곤 했다. 그리고 아침이면 현관 계단에 몸을 웅크리고 있었다. 개를 반드시 묶어놓아야 한다는 법 때문에 하는 수 없이 마리아의 여행을 막자, 마리아는 문 근처에서 남편을 기다렸다. 그리고 미샤가 오면 재빨리 다가가 코를 미샤의 목에 파묻었다. 그러면 미샤는 마리아가 자기를 살피는 동안 꼼짝하지 않고 서서 참을성 있게 기다렸다. 개들이 몸을 구르는 이유가 여기에 있다. 사회적인 동물인 개는 자신이 사는 집의 냄새를 묻힌 후 그 정보를 나눠 갖는다. 그때부터 마리아가 있는 곳이 미샤의 집이었고, 미샤가 있는 곳이 마리아의 집이었다. 미샤를 따라 여행하는 것을 우리가 허락하지 않았다 해도 마리아에게 미샤는 여행을 끝내면 언제나 자기에게로 돌아올 존재였다. 미샤가 없는 동안 마리아는 문 옆에 앉거나 창밖을 내다보며 미샤를 기다리곤 했다. 미샤를 보면 벌떡 일어났고, 그러면 우리는 문을 열어 미샤를 들였다. 성적인 의미에서건 다른 의미에서건 서로에게 충실한 낭만적인 사랑이 개에게는 적용될 수 없으며 그런 사랑을 하는 것은 인간에게 국한된다는 관념은 대중적인 편견일 뿐이다. 그것은 사실이 아니다. 인간의 연애담만큼이나 완전한 미샤와 마리아의 이야기는 낭만적인 사랑의 진화론적인 가치를 보여준다. 로미오와 줄리엣을 이끈 사랑의 힘은 인간 이외의 종에게도 강렬하고 중요하다. 서로를 향한 두터운 유대를 통해, 수컷은 예컨대 티발트(『로미오와 줄리엣』에 등장하는 줄리엣의 외사촌. 로미오를 증오하고 화를 다스리지 못하는 인물로 그려진다.—옮긴이)나 빙고가 아니라 바로 자신이 태어난 아이들의 아버지라는 것을, 그리고 부모가 그 아이들을 키울 때 서로 협력해야 한다는 것을 확신하게 되기 때문이다.

그 강아지들은 우리 집 개들의 다섯 번째, 여섯 번째, 일곱 번째, 여덟 번째 구성원이 되었다. 그들은 5월의 어느 날 힘겨운 밤이 지나고 날이 밝아올 무렵 태어났다. 마리아는 우리가 마련해준 분만 상자 대신 옷장 뒤쪽 한 곳을 택한 다음 진통이 시작될 때까지 그곳에 그대로 있었다. 하지만 진통이 시작되자 마리아의 용기는 꺾였고, 분만 시간이 다가오자 공황 상태에 빠져 필사적으로 더 나은 장소를 찾기 시작했다. 마리아는 부른 배를 끌고 미친 듯이 끙끙거리며 계단을 오르내렸다. 피와 양수가 엉덩이에 덕지덕지 묻어 있었다. 미샤는 자신의 반려인과 함께 있었지만, 빙고와 바이올렛은 우리 집에 있었다. 그들은 마리아를 지켜보며 마리아가 서둘러 지나갈 때마다 길을 비켜주었다. 우리가 어떤 말과 행동을 하든 마리아는 조용해지지 않았다. 경험도 없이 삶의 가장 중요한 순간에 직면하게 된 마리아는 겁에 질린 채로 거의 혼자서 상황을 감당해야 했다.

결국 마리아는 내 침대에서 나와 함께 있는 편을 택했다. 아주 늦지는 않게 하얀 강아지 한 마리가 나왔다. 그 사랑스러운 개에게는 스웨시라는 이름이 붙여졌다. 훌륭한 썰매견으로 자라나 겨울의 눈길을 잘도 다니던 스웨시는 훗날 자기 아버지처럼 도시가 아닌 숲을 자유롭게 떠돌아다니다가 코요테를 만나 결혼도 했다. 하지만 그것은 또 다른 이야기이다. 내가 얘기하고 있는 그 당시의 스웨시는 당당한 동생 윈디고가 나올 때까지는 숨조차 제대로 쉬지 못했다. 윈디고가 나온 후 미샤처럼 회색과 흰색의 점박이 쌍둥이가 나왔다. 한 마리는 수컷, 다른 한 마리는 암컷으로, 각각 조이와 모이라라는 이름이 붙여졌다. 분만이 시작되자 마리아는 잠시 소리를 질렀지만 이내 두려움과 고통을 떨쳐버리고 일에 착수했다. 매사에 유능한 마리아는 허벅지를 치켜들고는 그 아래에 머리를 넣어 입을 외음부에 대고 새끼들을 양막에서 자유롭게 해주었다. 혀로 핥고 앞니로 잡아당겨 강아지들의 코를 막고 있는 양막을 재빨리 들어올려서는 새끼들이 엉덩이 밖으로 나올 때까지 입으로 잡아 끌었다. 양막은 새끼의 배꼽 주위로 작아서 맞지 않는 셔츠처럼 오그라 붙었고, 탯줄은 마리아의 날카로운 이빨 사이에 물렸다. 마리아는 코로 새끼를 제 배 쪽으로 밀치며 탯줄을 물어 끊고 양막을 삼켰다. 태가 밖으로 나온 순간 삼킬 준비가 되어 있었다. 그는 각각의 분만을 너무도 재빨리 끝냈고, 자신의 몸과 강아지들과 둥지를 완벽하게 깨끗이 유지해 네 번째 강아지인 어린 모이라가 안전하게 나왔을 때는 치울 것이 없었다. 그런 다음 허벅지를 배에 붙여 주먹처럼 몸을 말았다. 그리고 놀랍게도 눈을 들어 거의 적대적인 표정으로 나를 노려보았다. 마리아는, 뭘 보고 있는 거예요, 하고 묻고 있는 것 같았다.

나는 정말 무엇을 보고 있었을까? 나는 마치 내 쪽과 문 쪽을 동시에 가리키기라도 하듯, 몸을 웅크린 채 머리와 귀를 꼿꼿이 세우고 눈을 부릅떠 나를 똑바로 바라보는 마리아밖에는 볼 수 없었다. 아기를 돌보는 개에게는 허벅지가 인간의 팔에 해당하는데, 마리아의 꽉 다물어진 허벅지는 마치 그곳에 새끼들이 없기라도 한 듯 그들을 숨기고 있었다. 괜찮니? 물 한잔 줄까? 나는 사발을 내밀며 물었다. 마리아는 낯선 사람이라도 되는 듯 나를 차갑게 노려보았다. 나는 방을 나올 수밖에 없었다. 잠시 후 나는 다시 돌아가 마리아의 허벅지를 열어 강아지들을 보려 했다. 마리아는 얼굴 표정은 변하지 않았지만 허벅지를 더 조였다. 나는 더 강한 힘을 가해 허벅지를 벌려야 강아지들을 볼 수 있다는 사실을 알았지만, 그렇게까지 하고 싶지는 않았다. 그 대신 물과 우유와 음식을 권했다. 하지만 마리아가 원하는 것은 그런 게 아니었다. 마리아가 원한 것은 사람이 방 밖으로 나가는 것이었다. 나는 다시 밖으로 나왔다. 내가 세 번째로 찾아갔을 때 마리아는 잠시 나를 믿기로 작정한 듯 아래층으로 달려 내려가 바깥으로 나가서 잠시 휴식을 취한 다음, 숨이 가쁠 정도로 재빨리 돌아와 침대 위로 뛰어오르더니 새끼들과 함께했다. 그때 새끼들은 이미 깨끗해진 몸으로 홍조를 띤 채 나란히 누워 깊이 잠들어 있었다. 그때부터 긴 여생 동안 마리아는 개의 성모 같은, 헌신적이며 훌륭한 어머니였다. 마리아의 이름은 매우 적절했다.

이튿날 미샤의 반려인이 강아지들을 볼 수 있도록 미샤를 데려왔다. 우리 가운데 아무도 무슨 일이 일어날지 알 수 없었다. 미샤는 여느 때처럼 씩씩하고 다정하게 방 안으로 걸어 들어갔다. 하지만 마리아를 본 미샤는 도중에 잠깐 멈칫하더니 태도가 돌변했다. 마치 서서히 무너지는 듯 아주 천천히 머리와 귀와 꼬리를 내리고는 방 한가운데 꼼짝하지 않고 서서 마리아를 쳐다보았다. 당시 우리는 마리아가 알맞은 분만 상자를 쓸 수 있도록 했고, 마리아는 방 저쪽에 둔 상자에서 허벅지를 조이고 몸을 웅크린 채로 새끼들을 가슴팍에 두고 있었다. 마리아는 고개를 치켜들고, 귀를 쫑긋 세우고, 눈을 크게 뜬 채로 상자 가장자리 너머로 미샤를 빤히 쳐다보았다. 입술이 약간 뒤로 처져 있어 이빨만 드러났는데, 경직된 얼굴은 한순간에 독기를 품을 수도 있음을 보여주고 있었다. 그 얼굴에는 환영하는 낯빛도, 두려워하는 기색도 보이지 않았다. 새끼들을 위해서라면 그 무엇을 향해서도 달려들 준비가 되어 있는 개가 그곳에 있었다. 하지만 최소한 지금은 그럴 필요가 없다고 생각하는 것 같았다. 둘은 잠시 서로를 그저 쳐다보기만 했다. 마리아는 무척 굳건하고 예민하며 경계하는 듯한 표정이었고, 미샤는 꽤나 부드럽고 안심시키는 듯하면서도 조심스러워하는 듯한 표정이었다. 잠시 후 미샤가 천천히, 조용히 머리를 좀 더 숙이더니 배를 움츠렸다. 한순간도 마리아에게서 눈을 떼지 않았다. 그러고는 토를 했다.

미샤의 모습을 본 사람들은 모두 즉시 그 기이해 보이는 행동을 두고 한마디씩 하기 시작했다. 강아지들 생각이 미샤를 불안하게 했는지도 모른다. 어쩌면 흥분이나 질투 때문에 속이 울렁거렸는지도 모른다. 그렇지만 그것은 미샤가 토한 이유가 아니었다. 실제로 미샤는 마리아에게 자신이 마리아와 새끼들을 먹여주리라는 말을 하고 있던 것이다. 그 순간 자기가 갖고 있던 음식을 내주는 것으로, 더 많은 일을 해주리라는 약속을 했던 것이다. 그것은 어른 늑대들이 어린것들을 먹이는 방법이었다.

따라서 미샤가 제공한 수수께끼는 토한 이유가 아니라, 어떻게 새끼들에 대해 알았는가였다. 미샤는 아버지의 경험이 없고 사람들의 보살핌을 받은 두 살짜리 개에 지나지 않았다. 마리아의 옆구리와 허벅지 사이에 단단히 끼여 상자 속 깊은 곳에 있는 강아지들을 보지도 못한 것이 분명하다. 아무도 마리아의 강아지들을 볼 수 없었다. 그런데 미샤는 어떻게 알았단 말인가? 이 질문은 답하기 쉽지 않다. 강아지들이 아무 소리도 내지 않았으니 미샤가 그들의 소리를 들을 수는 없었다. 그리고 그들은 무취였기에—최소한 인간은 맡을 수 없었다—

미샤는 그들의 냄새를 맡지 못했을 것이다. 설령 냄새를 맡았다 해도, 그것이 무엇을 의미하는지 어떻게 알 수 있었겠는가? 분명 마리아의 태도가, 둘이 마지막으로 보았을 때와는 무언가가 달라졌다는 사실을 알려주었을 것이다. 하지만 경험이 부족한 미샤가 마리아의 태도가 무엇을 뜻하는지 어떻게 알 수 있었단 말인가? 그럼에도 미샤는 알고 있었다. 그 어떤 개도 자신이 처한 문제가 무엇인지 알고 있다는 사실을 그날 아침의 미샤만큼 분명하게 보인 적은 없었다.

아버지로서 미샤는 배핀섬의 늑대들과 비슷했다. 새끼들이 조그마했을 때는 자기 발목 근처에 얼씬거리는 것을 좋아하지 않았기에 새끼들보다 높은 곳에 있기를 선호했다. 새끼들이 바닥에 있을 때면 의자나 소파로 올라가곤 했다. 새끼들이 네 달쯤 되자 미샤는 때로 제일 큰 강아지를 데리고 외출을 했다. 처음에 나는 미샤와 하얀 강아지가 없어진 것을 보고는 겁이 났다.(미샤는 울타리를 뛰어넘었고, 강아지는 새로 판 굴을 통해 빠져나갔다.) 그건 미샤의 육아 능력이 아직 증명되지 않았을 뿐만 아니라, 문제가 생겼을 때 미샤가 본능적으로 도움을 구할 법한, 늑대들의 행동 선례를 내가 전혀 알지 못했기 때문이다. 내 머릿속에는 자꾸만 미샤가 다른 데 정신이 팔려 새끼에 대해 잊어버리는 바람에, 새끼가 집과 먼 곳에서 안내자도 없이 길을 헤매는 장면이 떠올랐다. 하지만 그런 일은 일어나지 않았다. 어린 스웨시가 옆에 있을 때면 미샤가 그다지 멀리 가지 않는다는 것이 차츰 분명해졌다. 미샤는 속도를 내지도, 위험한 고속도로를 건너지도, 세인트 버나드의 영토를 침범하지도 않았다. 내가 아는 한 미샤는 대체로 사람들이 사는 집의 뒤뜰을 지나가거나, 차량이 천천히 지나고 위험한 개들이 갑자기 나타나 새끼를 놀라게 하지 않을 넓은 공동묘지의 경계까지만 갔다. 공동묘지 관리인을 우연히 만나지 않았다면, 나는 그 개들이 어디에 있었는지 알지 못했을 것이다. 물론 미샤가 함께 가자고 나를 초대하지는 않았지만, 설사 그렇게 했다 하더라도 경험이라곤 없는 강아지와 함께 외출하는 일은 나 스스로 허락하지 않았을 것이기 때문이다.

나는 하얀 강아지 스웨시가 아버지와 같이 여행하면서 탁월한 항법 기술을 갖게 되리라고는 생각지도 못했다. 하지만 스웨시는 그 기술을 익혔고, 그것은 길고 흥미로운 스웨시의 일생에 큰 도움이 되었다. 이는 기온이 영하로 떨어진 어느 밤, 알츠하이머병에 걸린 노쇠한 스웨시가 눈보라 속에서 뉴햄프셔의 숲속을 배회하던 때 극적으로 드러났다. 어쩌면 당시 얼마 전 사라진 코요테 아내를 생각하고 있었는지도 모른다. 나는 넋이 나간 채로 이름을 부르면서 스웨시를 찾아 들판을 가로질러 달려갔다. 마침내 나는 휘몰아치는 눈을 뚫고 비틀거리는 걸음으로 내 목소리 쪽이 아니라 집을 향해서 가고 있는 스웨시의 모습을 보았다. 18년 전 아버지에게 훌륭한 가르침을 받은 덕분에 스웨시는 알츠하이머병이 야기하는 혼란에도 제 갈 길을 가고 있었다.

제일 먼저 태어난 강아지 스웨시는 자라면서 한배의 새끼들 가운데 가장 높은 서열에 올랐다. 미샤 다음으로 서열이 높은 수컷으로 남았던 것이다. 그다음이 둘째로 태어난 강아지인 검은색 수컷 윈디고였고, 쌍둥이 수컷 조이가 세 번째였다. 허스키들은 빙고를 쳐주지 않았지만, 그들이 아직 강아지이던 때만은 빙고를 존중했다. 스웨시와 윈디고는 키와 몸무게가 엇비슷했고, 그들 사이의 지위 차이는 거의 알아차릴 수 없었다. 둘은 늘 완벽한 우정 속에서 생을 함께했다. 서로 다투는 법이 없었으며, 내가 아는 한 다른 누군가와 싸우기 위해 서로

힘을 합친 것도 단 한 번뿐이었다. 그들의 적은 내가 잠시 맡아 준 친구의 개인 갈색과 흰색 점박이 허스키였다. 놀랍게도 그 젊은 개는 사회성이 부족해서 자기 힘이 얼마나 되는지 몰랐고, 실제로 나이가 더 든 나의 개들을 지배하려고 했다. 한동안 그들은 녀석을 무시했다. 개들은 서로 만나자마자 싸우거나 아니면 아예 싸우지 않는다. 아무 일도 일어나지 않자, 나는 다 괜찮다고 판단하고 그들을 내버려두었다.

스웨시와 윈디고는 낯선 녀석에게 자신들의 능력을 증명하거나, 교훈을 가르치거나, 억지로 높은 지위를 인정하게 할 필요를 느끼지 못하는 것 같았다. 하지만 그렇다고 해서 녀석의 젠체하는 태도를 내내 참겠다는 의미는 아니었다. 놀랍게도 어느 날 그들은 그 어린 갈색과 흰색 점박이 개를 그냥 처리해 버리기로 마음먹었다. 내가 개입했을 때는 이미 조카 두 마리를 거느리고 녀석을 에워싸고 있었다. 나는 개들이 둘러선 곳을 뚫고 한가운데로, 그 어린 개가 있는 곳으로 달려갔다. 그토록 오만했던 녀석은 내가 자기를 위해 뭘 하려는지 정확히 이해했으며, 마침내 자신의 오판을 깨닫고는 내가 붙잡아 꼼짝 못 하게 하자 가만히 있었다. 그는 상처가 났음에도 내가 자기를 구할 수 있도록 조용히 순종했다. 우리 개들은 나를 장애물로 여기며 나를 지나 희생자에게 돌진할 궁리만 하고 있었다.

나는 땅에 몸을 숙이고 있었기 때문에, 팽팽하게 긴장한 우리 개들의 얼굴이 거의 내 얼굴에 닿을 만큼 가까웠다. 나는 그들의 눈을 똑바로 들여다볼 수 있었다. 거기에는 어떤 분노도, 두려움도, 위협도, 공격적인 태도도 없었다. 다만 분명함과 압도적인 단호함만이 번뜩였다. 그것이 바로 서열이 높은 개가 발산하는 심리적인 힘이다.

사실상 개들이 치르는 거의 모든 싸움은 지위에 대한 의견 불일치 때문에 벌어진다. 이건 서열의 문제이며, 흥미롭게도 그 이유로 개들이 아이들을 물기도 한다. 많은 개가 인간 어른에게는 기꺼이 정중하게 복종하지만, 누가 보아도 아직 높은 지위를 얻지 못한 아이들에게 그렇게 하는 것은 억울해할 일이다. 그렇지만 개들이 아이들을 무는 건 진짜 무는 게 아니다. 자기 새끼들을 훈육할 때처럼 이빨로 그저 한 대 치는 것뿐이다. 내가 아는 한 개들이 그렇게 하는 건 새끼들이 어떤 식이든 충분히 순종적이지 않을 때, 또는 다른 말로 연장자 개의 더 높은 지위를 이용할 때만 취하는 행동이다. 어미 개가 새끼를 훈육할 때면 잇몸까지 보이게 앞니를 드러내고 긴 송곳니 측면으로 세게 때리는데, 그러면서 종종 짧지만 무섭게 으르렁대는 소리를 내기도 한다. 이 모든 일은 아주 빨리 일어나며, 겁에 질린 인간 관찰자에게는 와락 물어뜯는 것으로 보일 수 있다. 특히 그 개가 이런 식으로 인간 아이를 꾸짖을 때는 더 그렇게 보인다. 하지만 무는 것이 아니다. 아이들을 무는 듯해도 실제로는 살에 상처가 나지 않는 것만 봐도 알 수 있는 일이다.

갈색과 흰색 점박이 개와 달리 대부분의 개들은 아주 어린 강아지였을 때부터 손위 개들의 높은 지위를 인정하는 법을 배운다. 그 덕분에 작은 요크셔 테리어가 목숨을 구한 일이 있다. 그는 체크무늬 재킷을 입고 장화를 신고 머리에 리본을 맨 채 줄에 묶여 우리 집 앞을 지나고 있었다. 나는 여행을 떠나려던 참이었고, 우리 개들은 보도 위에서 차에 타려고 하고 있었다. 그런데 느닷없이 우리 개들이 그 작은 동물을 뒤쫓기 시작했다. 나는 경악했다. 설상가상으로, 개들이 다른 개를 만날 때 그러듯 요크셔 테리어와 멀찍이 떨어진 데서 멈춰 서는 게 아니라, 토끼나 고양이를 잡을 때처럼 곧장 달려갔던 것이다. 나는 비명을 질렀고, 요크셔 테리어의 반려인 또한 비명을 질렀으며, 누구보다도 요크셔 테리어가 비명을 지르며 나뒹굴었다. 그러자 우리 개들은 걸음을 멈췄다. 겁에 질린 듯 갑자기 잠잠해진 개들은 발밑에서 뻣뻣하게 몸이 굳은 작은 개를 노려보았고, 요크셔 테리어는 그들을 올려다보며 꼬리를 다리 사이에 넣은 채 질질 오줌을 누었다. 무슨 일이 있었던 것일까? 요크셔 테리어의 반려인이 그에게 향수를 뿌려주었는데,

향수와 특이한 복장 때문에 우리 개들이 그를 다른 동물로 착각했던 것이다. 어쩌면 그들은 그 개가 누구인지에 대해서는 신경을 쓰지 않았는지도 모른다. 그들에게 중요한 것은 그 개가 누가 아닌지 하는 것이었다. 모든 권리와 위엄을 가진 자신들과는 다르다고 생각했던 것이다. 그 개의 반려인이나 내가 아니라, 그 개 자신의 민첩한 생각이 제 생명을 구했다. 강아지처럼 나뒹구는 행위와 꼬리를 내리며 오줌을 누고 비명을 지른 것이 개들 사이의 암호인 듯 그의 가면을 벗겼고, 그를 사냥감으로 생각한 우리 개들에게 제때 자신이 누구인지를—지위가 낮은 개라는 사실을—알린 것이다.

지위가 낮은 개들이 자신의 위치를 알고 그것을 수용하는 한, 서열이 높은 개들에게 공격당할까 봐 두려워할 필요가 없다. 또 무리 가운데 서열이 높은 개들에게 도전하는 듯 보이면 배척당하지만, 자신의 낮은 서열을 순순히 받아들이는 모습을 보이면 무리의 일원으로 보장받게 된다. 개들은 자신들의 사회가 질서 있기를 원하며, 그러기 위해 사다리의 단처럼 무리를 나눈다. 그 한쪽에는 수컷들이, 다른 한쪽에는 암컷들이 있다. 구성원들이 그 위계질서를 기꺼이 수용하는 일부 개들의 사회에서는 마찰이 빚어지는 경우를 좀처럼 볼 수 없다. 중요한 것은 바로 그 점이다. 누가 누구인지를 알게 되면 분쟁은 없어진다.

완벽한 사회적인 균형에 이르기는 쉽지 않다. 이 점은 마리아의 새끼들이 태어난 이듬해, 우리 개들에게 몇 가지 깊은 변화가 생기면서 모두에게 분명해졌다. 그해 봄 미샤의 반려인은 미샤를 다른 집으로 보냈다. 물론 우리가 미샤를 돌보고 싶었지만 몇몇 이웃이 개를 묶어놓아야 한다는 법을 들먹이며 심하게 반대했고, 우리로서는 별도리가 없었다. 대신 미샤의 반려인은 미샤를 다른 주의 시골집으로 보냈다. 그곳 사람들은 개에게 잘해주었다. 우리는 미샤가 가족을 그리워하는 것을 빼면 행복하리라고 믿었다. 미샤의 가족은 그를 그리워했다. 그들이 마지막으로 미샤를 데리러 왔을 때 미샤와 마리아는 뭔가가 심각하게 잘못되었다는 것을 감지했다. 마리아는 미샤를 따라 밖으로 나가려 안간힘을 썼다. 앞을 가로막자 마리아는 창문 밑에 있는 의자로 달려가 등을 돌린 채, 강제로 차에 태워지는 미샤의 모습을 지켜보았다. 그 후로 몇 주 동안 마리아는 의자 위에서 등을 돌려 창문을 마주하고 앉아 미샤를 찾았다. 끝끝내는 미샤가 돌아오지 않으리라는 것을 깨달은 모양이었다. 그때부터 마리아에게 변화가 일어났다. 광채를 잃었고 의기소침해졌다. 움직임이 더뎌졌고, 반응을 잘 보이지 않았으며, 그 전에는 그냥 넘어갔을 일에 화를 냈다. 또 이제 거의 다 자라긴 했어도 새끼들에게 별 관심을 보이지 않았다.

마리아의 불행에 마음이 아팠다. 나는 매일 오후 미샤가 찾아오곤 했던 무렵에 마리아에게 아이스크림을 주었다. 마리아는 잠시 표정이 밝아지며 아이스크림을 먹었고—마리아는 아이스크림을 좋아했다—나는 맛이 혀에 남아 있는 짧은 동안만큼은 그것이 도움이 된다고 생각했다. 하지만 개에게도 음식이 만병통치약이 될 수는 없었다. 마리아는 끝내 상실감에서 벗어나지 못했다. 또 우두머리 암컷의 지위를 결코 상실하지 않았음에도 다른 수컷과 지속적인 관계를 갖는 데 흥미를 보이지 않았다. 그 후로 수년 동안 괜찮은 수컷들이 우리 집을 찾았는데도 말이다.

그해 봄 마리아의 딸 모이라가 우리 집에 살던 학생과 함께 떠났고, 모이라의 쌍둥이 오빠인 조이는 시동생 집으로 보내졌다. 그해 가을 암컷 딩고 강아지 비바와 성숙한 암컷 허스키 코키가 합류했다. 비바가 워낙 작아 나는 그를 셔츠 속에 넣어 따뜻하게 해주었고, 젖병으로 우유를 먹였으며, 엄마가 혀로 하는 것을 대신해 면봉으로 허벅다리 사이를 닦아주었다.

허스키 코키는 알래스카의 아메리카 원주민 마을에서 태어난 인디언 개였다. 그는 눈 위에서 태어나 사슬에 묶여 살아야 했다. 그럼에도 정력적인 썰매견이었으며, 내가 아는 무척 영리한 개 중 하나였다. 나는 코키가 썰매팀의 우두머리가 되기를 바랐는데, 그는 일단 두려움을 극복하자 그 일을 완벽하게 수행했다. 어린 시절 먼 북쪽 마을의 개로 살았던 삶은 장밋빛이 아니었음이 분명했다. 밧줄 또는 막대가 공기를 가르며 내는 소리는 코키를 두려움에 떠는 비참한 존재로 전락시키고, 땅바닥에 납작 엎드려 이빨을 덜덜 떨고 두 눈은 두려움으로 일렁이게 했을 것이다. 남자의 목소리에 밴 술기운도 매한가지였으리라. 아니, 사내가 술에 취했든 그렇지 않았든 코키는 겁에 질렸을 것이다. 목소리 속의 암시만으로 충분했을 테니까. 코키는 이러한 공포를 끝내 극복하지 못했다. 하지만 결국 그는 우리 팀 어느 누구도 자신에게 상처를 입히지 않으리라는 것을 알게 됐다. 설사 무리를 이끌고 그에 따른 책임을 지다가 뭔가 일이 잘못된다 해도 말이다. 코키는 내게 고마워했다. 코키와 나는 그 후 몇 년간 즐겁게 겨울 눈길을 걸었다. 그렇지만 그는 무엇보다 다른 개들 틈에 잘 섞여 들어가야 했다.

처음에는 두려움에 떨며 그들에게 적대적인 태도를 보였다. 그 점으로 미루어 코키가 썰매 끄는 개로서 어떤 유년기를 보냈는지 엿볼 수 있었다. 코키가 마리아를 좋아하지 않은 것만큼이나 마리아도 코키를 좋아하지 않았다. 둘은 기회가 있을 때마다 서로에게 덤벼들었다. 그에 이어지는 싸움으로 그들의 몸과 내 손과 팔에 심한 상처가 생겼다. 말할 것도 없이 나는 둘을 떼어놓으려 애썼는데, 대개는 성공적이었다. 코키가 내 작업실과 앞뜰에 있는 동안 마리아는 다른 개들과 함께 부엌과 뒤뜰에 머물렀다. 코키에게는 내가 있었고, 마리아에게는 다른 개들이 있었다. 우리가 개썰매를 타러 나갈 때면 마리아는 집이나 차 안에 머물렀고—마리아는 발이 좋지 않았다—코키가 다른 개들을 이끌었다. 마침내 코키는 다른 개들과 친해져, 썰매 끄는 시간에는 우두머리 암컷이 되기도 했다. 그럼에도 마리아야말로 자타가 공인하는 진정한 우두머리로, 코키를 포함한 모든 암컷과 수컷 위에 군림하는 개였으며, 모두 그 사실을 알고 있었다. 놀랄 것도 없이, 마리아가 코키보다 우월한 지위에 있다는 사실이 마리아가 코키를 무리 구성원으로 받아들였다는 의미는 아니었다. 오히려 코키를 쫓아낼 권한을 가졌다는 것을 뜻했다. 그러니 둘을 계속해서 떼어놓아야만 했다. 그렇게 함으로써 둘은 어느 정도 만족스러운 상태로 지냈다. 어느 초봄, 그들이 암내를 내기 시작했을 때까지.

개에게 암내를 풍기게 하는 것은 무엇일까? 긴 밤과 짧은 낮인가? 갈수록 길어지는 짧은 낮인가? 암내를 내는 다른 개들인가? 탐지되지 않은 페로몬인가? 아니면 다른 어떤 것인가? 그것이 무엇이든, 우리와 마찬가지로 번식기가 따로 있는 것은 아니지만 무리 속의 개들은 무리 속의 사람들처럼 같은 때 배란을 하는 경향이 있다. 내 개들 가운데서는 서열이 높은 암컷들이 먼저 배란을 시작했는데, 그해는 어린 비바도 수수께끼 같은 현상에 영향을 받아 암내를 내기 시작했다. 퍼그인 빙고는 이 암컷들에게 자신이 그들의 남편이 되고자 한다는 뜻을 내비쳤지만, 아무도 빙고를 진지하게 받아들이지 않았다.

야생 들개 무리에서 번식 기회를 얻는 것은 누구인가? 물론 서열이 제일 높은 한 쌍이다. 한 배의 새끼를 키우려면 무리 구성원 모두가 힘들게 노력해야 하기 때문이다. 하지만 그 한 쌍

중 한쪽이 없을 때는 어떻게 되는가? 암컷이 없을 때 수컷은 딸 중 하나와 짝을 짓는다. 갯과의 가족 구성원에게는 아버지와 딸 사이의 근친상간이 비난받을 일은 아니다. 하지만 어머니와 아들 사이의 근친상간은 사정이 다른 것처럼 보인다. 개에게는 알려져 있지만 우리에게는 알려지지 않은 이유로 많은 어미 개들이 아들과는 짝을 지으려 하지 않는다. 마리아도 그랬다. 하지만 기이하게도 마리아가 강하게 느낀 금기를 마리아의 아들들은 느끼지 못했다. 그들은 마리아에게 접근하는데 거침이 없었다. 두 아들은 계속해서 마리아를 귀찮게 했고, 마침내는 무척이나 집요해졌다. 스웨시는 마리아의 꼬리를 잡아 자기 쪽으로 끌어당기기도 했다. 하지만 마리아는 그 둘을 원하지 않았고, 그들이 자신을 덮치지 못하도록 등을 보이지 않으려 했다. 그런데도 그들이 지나치게 가까이 올 때면, 맞보고 앉아 이빨을 드러냈다.

그와 달리 코키와 비바는 어떤 수컷도 고를 수 있었다. 하지만 기이하게도 어떤 암컷도 수컷과 짝짓기를 하고 싶다는 의향을 드러내지 않았다. 내가 알 수 있는 한 그들은 주의를 기울이지도, 과시하지도, 초대하지도 않았다. 인간의 눈에는 분명한 이유가 보이지 않았다. 그럼에도 나는 어떤 미묘한 방식으로 마리아가 그들을 규제하고 있다고 추측했다. 야생 세계에서 우두머리 암컷 늑대는 종종 강제로 하위의 암컷들이 임신하는 것을 막는다. 즉 우두머리 암컷은 하위의 암컷들이 수컷을 받아들이는 것을 용인하지 않으며, 그들 또한 그 사실을 알고 있다. 우두머리 암컷 늑대는 수컷들이 다가올 때 서열이 낮은 암컷들을 노려봄으로써 감정을 전달하는데, 그저 노려보는 것만으로도 그들을 주저앉히기에 충분하다. 마리아 또한 코키와 비바에게 그러는 것처럼 보였고, 그들은 발정기 동안 무척이나 차분했다. 하지만 나는 코키가 번식을 하기를 바랐다. 코키의 새끼들이 훌륭한 썰매견이 되리라는 것을 알고 있었기 때문이다. 그래서 나는 코키가 무엇을 하는지 마리아가 알 수 없는 곳으로 코키를 옮긴 다음 스웨시와 함께하게 했다.

수컷 또한 어느 정도 사회적인 기대에 부응하기를 강요받는지도 모른다. 스웨시도 그다지 열성적이지 않았다. 하지만 나는 둘을 함께 있게 했고, 결국 그들은 짝짓기를 했다. 모든 것이 순조로웠다. 짝짓기 하는 동안 그들은 서로에게 감동적일 정도로 다정했다. 하지만 그 행위 전체에서 별로 큰 만족을 얻지 못한 듯 짝짓기가 끝나자 더 고민하지 않고 헤어졌다. 마리아는 무슨 일이 있었는지 깨달은 것이 틀림없었다. 스웨시에게 다가가 코키의 냄새와 짝짓기 과정에서 발생한 분비물의 냄새가 아직 달라붙어 있을 성기에 코를 대고 세심하게 냄새를 맡았던 것이다.

며칠 후 마리아의 셋째 아들 조이가 우리 집으로 돌아왔다. 시동생네 사람들이 조이가 떠돌아다니는 것에 적응하지 못했기 때문이다. 조이가 문간을 넘어서자마자 마리아는 곧장 달려가 그의 곁을 맴돌며 꼬리를 옆으로 치켜들었다. 만약 우리가 막지 않았다면 바로 그 순간 그곳에서 조이를 받아들였을 것이다. 마리아의 적극적인 행동은 의문을 낳았다. 왜 마리아는 조이를 원하면서도 조이의 형들은 받아들이지 않았을까? 마리아는 그 이유를 알았을 테지만 우리는 알 수 없었다. 어쩌면 조이를 알아보지 못했을지도 모른다. 거의 1년 전 우리 집을 떠날 무렵에는 새끼였지만, 돌아왔을 때는 다 자란 성견이 되어 있었던 것이다. 그리고 조이에게는 다른 집의 냄새가 묻어 있었다. 마리아가 그를 기억하지 못한다 해도 놀라운 일은 아니었다. 하지만 2년도 넘게 딴 곳에 있던 코키의 딸 가운데 하나가 우리 집을 방문했을 때는 그 개의 반려인뿐만 아니라 우리 가족 모두 코키와 딸이 서로를 알아보는 것이 틀림없다고 믿었다.

그렇지만 마리아가 조이를 알아보았는지 아닌지는 중요하지 않았다. 결국 마리아가 조이에게 원한 것은 수정受精되는 것뿐이었다. 그것 말고는 그때도 그 후로도 조이와 함께 있으려고도, 미샤와 그랬던 것처럼 같이 놀거나 여행을 하려고도 하지 않았다. 조이는 집을 떠날 때 수컷 가운데서 서열이 세 번째였는데, 돌아오자마자 즉시 그 위치를 차지하려 했다. 어쩌면 그것은 이전 지위가 조이의 뇌리에 박혀 있었기 때문일 수도, 아니면 첫 번째와 두 번째 위치가 더 힘이 센 다른 개들 차지였기 때문일 수도 있을 것이다. 그리고 어쩌면 마리아는 조이가 상대적으로 서열이 낮아서 지속적인 배우자로 원하지 않았는지도 모른다. 낯선 자로 보았건 그렇지 않건, 마리아는 조이를 적당한 배필로는 여기지 않았다.

개들 사이의 사랑이 무척 감동적이긴 하지만, 그에 못지않게 감동적인 것은 암컷이 수컷에 대해 거의 신경 쓰지 않으면서 단지 수정만을 바라는 사업적 성격의 성적 만남이다. 내가 목격한 기능적인 짝짓기 사례는 특히 사무적이었는데, 마리아도 그런 관계를 염두에 두었던 것 같다. 그 일은 코스타리카 산호세에 있는 한 보도에서 일어났다. 작은 암컷 한 마리가 서열이 높은 수컷과 교미를 하고 있었다. 수컷 한 마리—두 번째 서열의 개—가 짝짓기 하는 한 쌍을 지키며 행인들이 가까이 다가오지 못하게 막고 있었고, 곁에서는 다른 수컷 네 마리가 자기 차례를 기다렸다. 함께 기쁘게 뛰어다니던 미샤와 마리아와는 달리 그 코스타리카 개들은 일단 몸이 떨어지자 시선조차 교환하지 않았다. 둘은 서로 등을 돌린 채로 포장도로의 반대쪽에 앉아 몇 분 동안 자신의 성기를 깨끗이 했다. 성기를 닦아낸 암컷은 자리에서 일어섰지만, 순간 정액이 흘러나오자 다시 자리에 앉아 성기를 핥았다. 그 일을 끝냈을 때는 서열이 가장 높은 개는 이미 사라진 후였다. 암컷이 딴 곳으로 향하자 다른 개들은 서열순으로 그 뒤를 따랐다. 하지만 그들은 암컷에게보다는 다른 개들의 위치에 더 많은 관심을 보였다. 연주자와 교감하지 않고도 공연을 즐기기를 기대하며 콘서트 티켓을 사려고 줄을 서서 기다리는 사람들처럼, 이 수컷들은 누가 혹시 새치기하지는 않는지에 주된 관심을 보이는 것 같았다. 마리아의 짝짓기도 그처럼 열정이 없는 행위였는지 모른다.

암컷이 다른 수컷들을 어떻게 상대했는지를 볼 수 있었다면 나의 관찰이 무슨 의미였는지 결론을 내렸을 수도 있지만, 나는 그럴 수가 없었다. 불행히도 때는 저녁 무렵이었고, 그 개들이 선택한 보도는 도시 빈민가의 시끄러운 술집 바로 앞이었다. 나는 과학 저술가인 사이 몽고메리Sy Montgomery와 함께 있었는데, 남자를 대동하지 않은 채 텅 빈 밤길에서 짝짓기 하는 개들을 지켜보고 있는 북미 출신 여자 두 명의 동기를 술집 단골들이 오해할 수도 있겠다는 생각이 문득 들었다. 그 생각에 마음이 약간 움츠러든 우리는 그곳을 떠났다.

마침내 어린 딩고 비바가 암내를 내기 시작했다. 자기 위치를 잘 아는 비바는 우리 모두에게 자신은 수컷을 받아들일 생각이 없다는 의향을 내보였다. 특히 마리아가 승인할 수 없다는 태도로 노려보는 동안에는 더더욱 그랬다. 그렇다면 비바의 짝은 누가 될 것인가? 만약 그들 무리가 야생 세계에서 굴을 지켜야 했다면 비바는 어미가 되지 못했을 것이다. 비바의 존재가 받아들여졌다 해도 기껏해야 사냥을 돕거나 새끼들을 돌보는 역할만 수행했을 것이다. 나는 긴장을 풀 수 있도록 비바를 혼자 뜰에 내보냈다. 비바는 조심스럽게 그렇게 했는데,

밖에서도 흔적을 남기지 않았고 지시가 떨어지자마자 안으로 들어왔다. 그런데 어느 날 나는 창밖을 지켜보다가 스패니얼 한 마리가 공중으로 뛰어오르는 것을 보았다. 스패니얼은 울타리를 뛰어넘어 비바 옆 조약돌과 풀이 있는 곳에 착지했다. 나중에 그 개 이름이 미스티라는 것을 알게 되었지만, 그 당시에는 완전히 낯선 개였다. 갑작스러운 출현에 비바는 겁에 질렸다. 돌발적인 사건을 견디지 못한 비바는 정신이 나갔고 무척 수줍어하기도 했다. 그는 부엌문을 향해 달렸고, 나 또한 그랬다. 하지만 그 순간 스패니얼이 비바를 덮쳤다. 비바는 차에 치인 개처럼 비명을 지르며, 음부를 가리기 위해 꼬리를 다리 사이에 꽉 조인 채로 몸을 굴려 무조건적인 저항과 함께 두려움에 질린 복종의 태도를 보였다. 하지만 스패니얼은 겁 없이 비바의 가랑이를 벌렸다. 비바가 몸을 비틀고 비명을 지르고 발로 차고 깨물며 싸웠지만, 그리고 내가 그들을 향해 달려가면서 소리를 지르고 팔을 휘둘렀지만, 뜰을 가로지르는 사이 스패니얼은 비바의 음부에 성기를 삽입해버렸다. 나로서는 씨근거리면서 기다리는 수밖에 없었고, 겁에 질린 딩고 비바는 자리에서 일어나려 애쓰며 낑낑거렸으며, 스패니얼은 어딘지 미안한 표정으로 비바의 몸에 탄 채 혹시 자기가 위험에 처하지는 않았는지 근심스럽게 나를 올려다보았다. 물론 그 개는 위험에 처하지 않았으며—개의 행동을 인간의 가치로 판단해서는 안 되므로—마침내 두 마리가 떨어지게 되었을 때 나는 대문을 열어 그 개가 별문제 없이 갈 수 있도록 해주었다. 나는 그 개에게서 뭔가를, 즉 개들 또한 강간을 할 수 있다는 사실을 알게 되었다.

발정기는 그렇게 끝이 났다. 코키는 스웨시와, 비바는 스패니얼과 짝지어 임신을 했다.(임신 중절 주사를 놓아보았지만 소용없었다.) 개들의 규칙에 따르면 우두머리 암컷으로서 유일하게 임신을 해야 마땅한 마리아는 결국 잉태하지 않았다. 그리고 두 달이 지났다. 코키는 새끼를 낳을 준비가 되었다. 이 강아지들은 코키도 다른 누구도 아닌 내 의도로 나올 아이들이었기 때문에, 나는 코키가 아무 방해도 받지 않고 조용히 출산할 수 있도록 내 작업실에 상자를 마련해주었다. 그것은 내가 이해했듯이 개의 사건이 아니라 인간의 사건이었다. 코키도 알고 있었다. 그는 제법 수월하게 멋진 강아지 다섯 마리를 낳았지만, 출산을 끝낸 둥지는 마리아가 출산했을 때만큼 깨끗하지 않았고 새끼들을 제 곁에 가까이 끼고 있으려 하지 않았다. 심지어 사람들이 보러 오면 미소를 지으며 기꺼이 새끼들을 보여주곤 했다. 하지만 때로 불안해 보였고, 마리아만큼 상자 속에서 오랜 시간을 보내지도 않았으며, 종종 새끼들에게 짜증을 내곤 했다. 어느 날 밤 코키가 어린 만이 수컷을 송곳니로 세게 치는 바람에 강아지가 자지러지게 울었고, 그 울음소리에 개와 사람 할 것 없이 모두가 그 방의 문간으로 달려간 적이 있었다. 새끼들이 모두 방바닥으로 나와 울고 있었지만 코키는 아무 일도 없는 것처럼 상자 속에 누워 있었다.

그렇다고 코키가 좋은 어미가 아니었다는 의미는 아니다. 새끼들을 보호해주고, 대체로 잘 대해준 좋은 어미였다. 다만 마리아와는 달랐을 뿐이다. 그럼에도 이 두 마리 개에게 모성이라는 것은 의미가 서로 달랐다. 그들의 경험이 완전히 달랐기 때문이다. 마리아는 완벽하게 보호받는 상태로 내 침대 위에서 출산했다. 마리아에게는 사랑하는 남편이 있었으며, 주변 모두의 지원과 도움이 있었다. 즉 미샤와 사람들뿐만 아니라, 어떤 맥락에서는 부차적이며 보조적인 개의 역할을 한 퍼그 두 마리가 있었던 것이다. 반면 코키는 먼 북극 근처에서 사슬에 묶인 채로 첫 출산을 경험했다. 우리 집 문을 들어서는 순간부터 드러내 보였던, 생존을 위해 투쟁해야 할 필요를 잘 알고 있는 듯한 태도로 볼 때 이전 동료들과의 관계는 우호적이지 않았음이 분명했다. 코키는 마리아가 누린 안전함을 누리지 못했다. 그는 두 번째 배에서 나온 강아지들의 미래를 어떻게 그렸을까? 마리아의 첫 번째 배에서 나온 강아지 두 마리는

2년이 지나 어른 개가 되어서도 어미와 함께 있었다. 코키가 첫 번째로 낳은 강아지들이 어떻게 되었는지, 강아지들이 얼마나 어려서 그에게서 떨어지게 되었는지는 아무도 알 수 없다. 마리아의 첫 출산 경험은 마리아를 매사에 열중하게 했으며 열정적이게 만들었다. 반면 코키의 첫 출산 경험은 코키를 슬픔과 두려움에 잠기게 했다.

그럼에도 어쩌면 코키의 불안은 과거뿐만 아니라 미래와도 관계가 있었는지 모른다. 코키는 비바가 임신한 것을 알고 있었고, 그에 따라 자신의 새끼들을 구하기 위해서는 어떤 조처를 취할 필요가 있다고 느꼈을 것이다. 불쌍한 어린 비바는 뭔가가 잘못되었다는 사실을 이해한 것이 분명했다. 엄청나게 울어댔고, 출산이 가까워지면서 내게 매달렸던 것이다. 나아가 고작 여덟 달이었으니 아직 새끼에 지나지 않았고, 그랬기에 두려워하고 있었다.

그 무렵 내 남편이 집을 비운 상태여서 비바는 침대 위 내 곁에서 잤다. 내가 책상에 앉아 있을 때면 내 발치에 머물렀고, 내가 집 안을 돌아다닐 때면 나와 벽 사이로 끼어들었다. 당시 나는 다른 할 일이 있었지만 그 일을 하러 가면서 비바를 데려갈 수는 없었다. 그럼에도 비바를 위해 휴가를 냈다. 비바는 한밤중에 내 침대 위에서 출산했다. 그는 몸을 웅크리며 내 쪽으로 밀착했다. 심한 고통을 겪는 것처럼 보였고 더뎠긴 해도 훌륭하게 모든 것을 처리했다. 두 시간에 걸쳐 귀여운 강아지 다섯 마리를 낳았다. 그중 세 마리는 수컷, 두 마리는 암컷이었다. 모두 크기가 같았고, 똑같이 털이 짧고 윤기가 났으며, 모든 야생 개들이 갓 태어났을 때 지니는 색깔처럼 회색빛이 감도는 갈색, 즉 흙의 색을 지니고 있었다.

세 어미 가운데 비바는 모든 면에서 가장 서툰 것처럼 보였다. 비바가 어린 것은 사실이었지만 마리아 또한 첫 출산을 성공적으로 마쳤을 때 비바보다 겨우 몇 달 더 나이가 들었을 뿐이었다. 하지만 마리아가 새끼들을 원했던 반면, 비바는 그렇지 않은 것처럼 보였다. 물론 그렇다고 해서 비바가 새끼들을 사랑하지 않았다는 얘기는 아니다. 새끼들에게 짜증을 내지도 성가셔하지도 않았으며 거부하지도 않았다. 오히려 비록 머뭇거리긴 했지만 아주 다정하게 다가갔다. 마치 그 강아지들이 제 자식이 아닌 듯, 그럼에도 자신의 새끼였으면 하는 듯 말이다. 그들 때문에 비바는 슬픈 듯 보였다. 그는 자주 새끼들을 돌보았지만, 가까이 두는 시간은 아주 적었다. 대신 내가 침대 바로 옆에 만들어준 둥지 안에 그들을 서로 붙어 있게 내버려 둔 채로 방 한가운데에 똑바로, 긴장되고 경직된 자세로 앉아 있었다. 때로는 그들과 함께 있는 것도, 내버려두는 것도 두려운 듯 절망적인 표정으로 몸을 떨기도 했다.

그로부터 이삼일 후 나는 다시 일을 하러 나갔다. 비바와 그의 강아지들은 내 침실에, 코키와 그의 강아지들은 부엌에, 다른 개들은 새로 어미가 된 그들을 성가시게 하지 못하도록 바깥에 두었다. 그리고 그 개들은 모두 도우미를 포함한 우리 집 식구들의 감독하에 있었다. 하지만 오후에 집에 돌아온 나는 뭔가 끔찍한 일이 일어났다는 것을 느낄 수 있었다.

집 안은 완벽하게 고요했다. 내 아이들은 하루 중 그 무렵이면 늘 그랬듯이 외출을 했고, 남편은 집에 없었으며, 도우미는 쉬고 있었다. 물론 그 모든 일은 지극히 정상이었다. 그러니 사람들에게 문제가 생긴 것은 아니었다. 한데 집에 올 때면 늘 개들이 우리를 맞았음에도 그날은 아무도 모습을 나타내지 않았고 쥐 죽은 듯 고요했다. 계단을 반쯤 올라간 나는 비바가 침실 문 밖에서 몸을 움츠린 채 떨고 있는 것을 보았다. 비바는 조용히 나를 쳐다보았다. 나는 귀를 기울였고, 누군가가 침실 바닥을 초조하게 불규칙적으로 걸어다니며 발톱으로 뭔가를 할퀴는 소리를 들었다. 그때까지 꼼짝하지 않고 있던 누군가가 움직이고 있었던 것이다. 나는 계단을 올라가 비바를 지나쳐 침실로 들어갔다. 비바의 둥지는 비어 있었고, 극도로 스트레스를 받은 듯 보이는 코키가 입에 강아지를 문 채 멈칫거리며 걸어왔다. 나는 새끼를 내놓으라고 말했다. 그러자 코키는 머리를 조금 숙이며 마룻바닥 위에 새끼를 살짝 내려놓았다. 그런 다음 몸을 돌려 방을 나갔다. 코키의 발톱이 계단을 긁는 소리가 들렸다. 코키는 자신의 새끼들이 있는 곳을 향해 천천히 계단을 내려가고 있었다.

그 암컷 강아지는 다친 데가 없었다. 나는 강아지를 다시 둥지 속에 넣은 다음 집을 이리저리 둘러보았고, 결국 비바의 나머지 새끼들이 여러 곳에 죽어 있는 것을 발견했다. 코키가 그들을 물고 다니며 죽인 것이었다. 두 마리는 이미 차가웠고, 한 마리는 몸이 굳어가고 있었다. 나머지 두 마리는 아직 몸이 굳지는 않은 상태였는데, 그중 한 마리는 아직도 따뜻했다. 코키는 긴 시간 동안, 어쩌면 한 시간 이상에 걸쳐 새끼들을 죽인 것이 분명했다. 핏자국이 없는 것으로 보아 입에 물고 흔들어 죽인 것이 틀림없었다. 밖에서는 다른 개들이 모여 서서 유리문으로 우리를 들여다보고 있었다. 나는 그들이 집에 무슨 일이 있었는지 이해했으며 최소한 강아지 한 마리가 죽는 것을 보았을 게 분명하다고 믿었다. 사체 하나가 문에서 보이는 곳에 누워 있었으니 말이다. 나는 살해 장면이 개들을 몹시 흥분시켰으리라 생각했지만, 오히려 그들은 극도로 가라앉아 있었다. 용감한 빙고는 문간에 발을 올려놓고 조용히 서서 귀를 펼친 채, 툭 튀어나온 눈으로 나를 바라보았다. 꼬리는 쓸쓸하게 늘어져 있었다.

그렇게 우리는 그곳에 서서 창문 사이로 서로를 바라보았다. 나는 개들이 이미 알고 있는 사실, 즉 개의 관점에서 보자면 그 살해는 피할 수 없는 것이었다는 사실을 이해하려 노력했다. 실제로 그랬다. 개들이 자신들을 무리로 여긴다면, 그리고 한 무리가 한 배의 강아지밖에 키울 수 없다면, 두 배의 새끼란 있을 수 없다. 코키는 서열이 높은 개였고, 비바는 서열이 낮았다. 코키의 강아지들은 살 권리가 있었지만 비바의 강아지들은 그렇지 못했다. 코키는 해야 할 일을 했으며, 다른 개들은 그것을 알고 있었다. 비바 또한 그 사실을 알고 있었으며, 그 점이 비바가 새끼들에 대해 초연했던 태도를 설명해준다. 비바는 코키에 대항해 싸울 수도 있었다. 다른 때, 다른 상황에서라면 코키를 물리칠 수도 있었을 것이다. 하지만 그날 비바는 마치 자신의 새끼들은 태어날 권리가 없었다고 믿기라도 한 듯 가만히 비켜나 서 있었던 것이다.

어쩌면 비바의 감정보다도 더 애처로우며 더 흥미로운 것은 코키의 감정 상태일지도 모르겠다. 코키가 내비친 초조와 억제된 동요는 새끼들을 죽이고 싶어 하지 않았다는 사실을 말해주었다. 본능적으로 유아기의 새끼들을 알아본다는 점에서는 개들 또한 우리와 다르지 않다. 그 인식은 인간과 마찬가지로 개로 하여금 새끼들을 돌보는 행동을 유발한다. 따라서 분노나 자포자기 상태에서가 아니라, 옳은 일을 하고 있다는 확신 속에서 새끼를 낚아채 죽이는 것은 인간에게도 개에게도 거의 불가능한 일이다. 그럼에도 코키는 그렇게 했다. 강아지를 물고 있는 코키를 처음 보았을 때 털은 헝클어지고 거칠어져 있었는데, 아마도 아드레날린 때문인 것 같았다. 코키는 몹시 흥분한 듯 껑충거리기까지 했다. 내가 새끼를 내놓으라고 하자 기꺼이 내놓았다. 그냥 입을 벌려 떨어뜨리는 대신 새끼를 다치게 하고 싶지 않은 듯 살며시 내려놓았다. 나는 내가 와서 그 상황에 대한 책임을 지게 된 것에 대해 코키가 안도하는 듯한 느낌을 받았다.

비바의 불쌍한 새끼들이 죽어 있는 모습을 보자 내가 젊었을 무렵 한때 함께 지냈던, 남아프리카 칼라하리 사막의 수렵채집인 주와Ju/wa 부시먼들이 떠올랐다. 그들은 사바나 초원에 살면서 음식과 옷을 자급자족했다. 그들의 삶은 소위 문명이라는 것과는 동떨어져 있었으며, 외부인과 거의 접촉하지 않았다. 드물게 주와족 어머니는 그가 도움을 줄 수 없는 아기를 출산했다. 아직 너무 어려 젖을 빨아야 하는 손위 형제자매와 경쟁해야만 하는 아기였다. 그러면 어머니는 어쩔 수 없이 유아 살해를 감행했다. 물론 끔찍한 일이었지만 대안은 없었다. 그렇게 하지 않을 경우 갓난아기뿐만 아니라 이제 아장아장 걷기 시작한 아기까지 영양실조와 죽음의 위험에 처하게 되는 것이다. 두 아이를 잃는 대신 새로 태어난 아기를 낳자마자 죽이는데, 그것은 코키가 한 일과 비슷한 것이었다. 그때 나는 하나의 무리가 얼마나 내부적으로 결속되어 있는지, 각각의 성원이 무리의 한 부분으로 어떻게 기능하는지를 깨달았다. 마치 신체 부위처럼, 그들은 전체의 이익을 위해 함께 기능한다. 삶은 용감한 자, 또는 오래된 규칙에 따라 오래된 방식으로 사는 자들을 위한 것일 뿐이다.

살아남은 강아지는 우리 딸이 좋아하는 선생의 이름을 따서 파티마로 불렀다. 비바는 이 강아지를 돌보는 것을 몹시 꺼렸는데, 심지어는 함께 둥지에 들려고도 하지 않았다. 하지만 마리아는 그런 두려움이 없었다. 그는 둥지로 다가가 강아지를 물고 내 딸 방으로 가 침대 위로 뛰어올라서는 파티마를 사타구니 사이에 넣고 주먹만 한 몸을 감싸주었다. 둘은 그 상태로 있곤 했다. 내 딸과 나는 조제 우유를 구했고, 드디어 파티마를 돌보는 일이 시작되었다. 이제 더 이상 파티마를 위협하는 것은 없었다. 언제나 경계를 늦추지 않던 마리아는 생각 없이 방에 들어오는 모든 개에게 긴 이빨을 드러내 보였으며, 코키와 마주친다손 쳐도 피하지 않았을 것이다. 하지만 코키는 그다지 의욕 없는 태도로 자기 새끼들을 돌보며 거리를 유지했다. 이튿날 나는 마리아의 젖꼭지 주위에 축축한 털이 붙어 있는 것을 보았다. 어린 파티마가 젖꼭지를 빨고 있었던 것이다. 사흘째 되는 날 나는 젖꼭지 두 개가 축축해져 있고 젖 한 방울이 나와 있는 것을 보고 충격을 받았다! 기적처럼, 마리아는 젖을 분비하고 있었다.

개에게 입양이 자연스러운 일일까? 신기한 일이지만 사람의 경우와 마찬가지로 개에게도 자연스러운 것처럼 보인다. 두 종은 어느 쪽도 제대로 이해하지 못하는 어떤 내적인 힘에 의해 그렇게 하도록 자극을 받는다. 불행하게도, 임신하지 않은 개나 사람이 젖을 분비할 때면 새끼를 키우기에 충분한 양을 분비하지는 못하지만, 그럼에도 그것이 아주 어린 것을 껴안고 싶어 하는 강력한 욕망을 억누르지는 못한다. 그리고 이 경우 새끼의 종은 별로 문제가 되지 않는다. 한번은 내 딸과 내가 시골길 옆에서 죽은 주머니쥐를 발견한 적이 있다. 그때 우리는 쥐의 배에서 뭔가 움직이는 것을 보았다. 쥐의 주머니 속에는 살아 있는 태아 넷이 들어 있었다. 우리는 그들을 데리고 왔다.

딱정벌레 유충을 닮았는데, 실제로 그 유충보다 크지 않았다. 눈도 귀도 없이 발가락만 겨우 돋아나 있었다. 그런데도 우리는 그들을 집으로 데려와 조제 우유를 구해 먹이기 시작했다.

우리의 행위는 격세유전적인 것이었을까? 어쩌면 그랬을 수도 있다. 또 어쩌면 단지 의무감을 느낀 것일지도 모른다. 그 종의 발달 과정상 그 단계에서 벌거숭이나 다름없는 새끼 주머니쥐는 사람에게는 도무지 매력적으로 보이지 않았다. 먹이를 먹이는 광경을 보고는 공포에 질리다시피 한 사람도 있었다. 그도 그럴 것이 팔다리로 스포이드를 두르고 머리를 아래로 내린 채 스포이드 끝에서 우유를 핥아먹을 만큼 작았기 때문이다. 사람들은 그 장면을 보고 뚱뚱한 벌레나 새끼 쥐가 스포이드에 달라붙은 것 같아 혐오스럽다고 했다. 사실 우리가 보기에도 그랬다. 나는 코키가 어린 주머니쥐를 지켜보는 모습을 보고는 한 마리를 바닥에 내려놓았다. 코키가 해치지 않으리라는 것을 알았다. 아기 주머니쥐는 마땅하게 쥘 다른 뭔가가 없는 상태에서 자기 몸을 붙잡은 채로 바닥에서 아주 천천히 데굴데굴 굴렀다. 코키는 그 위로 몸을 숙여 턱을 뻣뻣하게 내밀고는 강렬하면서도 정감 어린 시선으로 나를 올려다보았다. 아주 중요한 대상—신선한 뼛조각이나 새로 태어난 강아지—위에서나 취할 법한 자세였다. 코키는 어린 주머니쥐를 보호하는 데 단호한 입장이었다. 비록 입으로 물어 올리기에는 너무 작았지만, 내가 들어 올려 둥지 속에 다시 넣지 않았다면 코키는 코로 주머니쥐를 끌어당겨 자신의 몸에 밀착시켜 따뜻하게 해주었을 것이다.

코키는 주머니쥐의 어떤 점이 좋았던 걸까? 어쩌면 갓 태어난 강아지들에게도 공통적인 특징인, 더듬거리며 구르는 동작과 뭉툭한 얼굴과 감은 눈, 그리고 벌거숭이는 아니지만 털이 가늘고 짧아 벌거숭이처럼 보이는 모습이 좋았는지도 모른다.

단 몇 주 만에 주머니쥐는 태아의 모습을 벗었다. 병아리 크기쯤 된 그들은 반짝이는 눈과 부드러운 분홍빛 미키 마우스 귀, 짧은 꼬리와 엉겅퀴 관모처럼 끝이 쭈뼛 선 자그마한 털을 한 모습이었다. 이제 그들이 유리 상자 속에서 앞뒤로 뛰어다니는 모습을 본 사람들은 아기에게 하듯 귀엽다고 말을 건네며 안으려 했다. 하지만 코키는 아니었다. 코키는 눈을 반짝이며 유리 속의 그들을 지켜보았다. 코키는 그들을 잡고 싶어 했다. 코키에게 그들은 더는 돌봐야 하는 새끼가 아니라 다만 희생물일 뿐이었던 것이다.

유아 살해가 있은 지 일 년쯤 지나 코키도 마리아와 마찬가지로 새끼를 입양할 기회가 생겼다. 때마침 딩고 비바가 뉴햄프셔에 있는 한 친구의 썰매견과 짝지어 두 번째로 새끼를 배게 된 것이다. 비바는 아직도 자신이 새끼를 낳는 것과 같은 일을 하기에는 서열이 너무 낮다고 생각하고 있었으며, 출산이 가까워지자 고통스러워했다. 비바는 다시 한번 내게 매달렸다. 내가 안심시키려 했지만 마지막 경험 이후로 비바는 나를 믿지 않으려 했다. 이해할 만한 일이었다. 내가 책상 앞에 앉아서 일하는 낮 시간이면 비바는 두려움에 사로잡혀 내 옆에 뻣뻣하게 앉아 있었다. 등은 곧게 펴고 머리는 숙이고 꼬리는 팽팽하게 하고 다리는 부푼 배 밑으로 바짝 끌어당겼는데, 그 모습은 마치 도망칠 준비를 하는 것처럼, 그리고 그때까지 최대한 적은 공간을 차지하고 있으려는 것처럼 보였다. 밤이면 침대 위에서 내게 몸을 밀착하고 누웠다. 비바의 감정은 그를 지치게 만들었다. 어느 날 밤 드디어 진통이 시작되자 비바는 너무 지쳐서인지 너무 우울해서인지 잘 참아내지 못했으며, 자궁이 수축되는 사이사이마다 탈진한 것처럼 보였다. 마침내 비바는 벌렁 드러누웠다. 다리는 펴지고, 젖꼭지는 빳빳해지고, 배는 안쪽의 활동으로 인해 불룩불룩 부풀어올랐다. 그 와중에 비바는 발작적인 잠에 빠져 유아기일 적 꿈을 꿨다.

딩고 비바가 무슨 꿈을 꾸었는지 내가 어떻게 알 수 있었을까? 비바의 입 모양이 말해주고 있었다. 젖을 빠는 강아지는 혀를 U 자형으로 말아 뺨이 앞쪽으로 불룩해지는데, 다른 때는 볼 수 없는, 결코 착각할 수 없는 극적인 모양새이다. 비바의 모습이 그랬다. 걱정이 거의 없던 때를 떠올리고 있었던 걸까? 내가 동물 거래업자로부터 구하기 전까지 생애의 첫 몇 주를 몹시 춥고 칠흑같이 어두운 헛간 속 얼어붙은 거름 위에서 보냈던 것만 빼면 그럴 수도 있다. 나는 비바의 굶주린 어미와 자매들은 그대로 남겨둘 수밖에 없었다. 비바의 어미는 육체적으로 혹독한 상황에 처해 있어 새끼들을 돌볼 여력이 없었다. 비바는 꿈속에서 그때로 되돌아간 것일까? 아니면 이제 막 태어날 자신의 새끼 네 마리를 느끼며 그들의 처지가 된 자신을 상상한 것일까? 비바는 꿈을 꾸며 울고 빨기를 되풀이했고, 마침내 잠에서 깨면서 출산을 했다.

모든 것이 순조로웠다. 비바는 또다시 야생의 색인 흙색 털이 난 강아지들을 낳았다. 그리고 내가 그를 데리고 있던 굳게 닫힌 방의 벽을 통해서이긴 하지만, 그는 다시금 다른 개들의 사회적인 비난을 느꼈다. 새끼들과 둥지에 있으려 하지 않았고, 어느 날 코키가 빠끔히 열린 문틈으로 안을 들여다보자 마치 초대라도 하듯 옆으로 비켜섰다. 그리하여 코키가 안으로 들어섰다. 하지만 이번에는 제 새끼가 없었기 때문인지 비바의 새끼들을 죽이려 하지 않았다. 대신 강아지들을 귀여워하며 보호했다. 마리아처럼 코키도 젖을 분비했다.

코키의 젖과 따뜻한 보호, 그리고 조제 우유 덕분에 강아지들은 튼튼하고 건강하게 자랐다. 곧 그들은 내가 본 개들 가운데 가장 아름다워졌다. 키가 크고 균형 잡힌 몸에 딩고인 어미의 붉은 빛 도는 금색 털과 허스키인 아버지의 파란 눈을 물려받았다. 그래서 많은 사람이 데려가고 싶어 했다. 하지만 불행히도 가장 어린 암컷은 선천성 식도 탈장으로 어린 나이에 죽고 말았다. 두 마리는 다른 사람에게 보냈고, 이눅슉이라 이름 붙여진 맏이 암컷은 코키가 길렀다. 이눅슉은 파티마가 마리아에게 충실했던 것처럼 코키에게 충실했다. 똑같은 어미에게서 태어난 파티마와 이눅슉은 서로 성격이 닮아야 했을지 모르지만 실제로는 양어머니들을 닮아 파티마는 마리아처럼 정열적이며 활동적이었던 반면, 이눅슉은 코키처럼 조용하고 사려 깊었다.

어떤 의미에서 보면 이눅슉은 우리 집에서 세 번째 세대의 개였다. 다른 개들과의 관계로 보자면 배핀섬의 새끼 늑대가 그들 무리와 맺은 관계와 비슷했다. 다시 말해 생물학적인 관련은 없지만 사회적, 정서적으로 영향을 받은 부모와 형제자매가 있었다. 그 결과 이눅슉은 무척이나 아름다웠을뿐더러 우아한 태도도 지니게 되었다. 우리는 이눅슉을 훈육하려고

하기는커녕 집 안에서 생활하는 법조차 가르치지 않았다. 눈에 띄지 않게, 이눅슉이 마땅히 알아야 할 모든 것들을 이눅슉의 윗대가 가르쳐주었다. 그 결과는 완벽했다.

한번은 이눅슉을 숲에 데려간 적이 있었다. 그곳엔 우리 아들이 참가할 경주를 앞둔 훌륭한 썰매견 여러 마리가 묶여 있었다.(스웨시와 윈디고 덕분에 아들은 맨 위에 승리의 날개가 달린, 개와 매가 장식된 커다란 무지갯빛 트로피를 받았다.) 이눅슉은 그 팀 중 하나와 합류할 예정이었지만, 그 개들을 만난 적은 없었다. 우리를 따라오다 나무 사이로 다른 개들을 본 이눅슉은 약간 겁을 먹은 듯했다. 털을 곤두세운 낯선 개 스무 마리가량이 긴 사슬에 묶인 채로 서서 컹컹 짖고 있었던 것이다. 이눅슉은 문제가 뭔지 파악하려는 듯 잠시 멈칫거렸다. 그런 다음 물러나려고 꼬리를 내리거나 묶인 줄에서 벗어나기 위해 애를 쓰는 대신 살며시 유유히 앞으로 나아갔다. 어쩌면 양할아버지 미샤—이눅슉은 미샤를 본 적도 없었다—처럼 사나운 낯선 개들 앞에서 침착하게 보이고 싶었는지도 모르겠다. 또 그들 앞에서 쩔쩔매는 모습을 보이지 않음으로써 그들에게 굴하지 않는다는 것을 전하려 했는지도 모른다. 이눅슉은 귀를 접지도, 꼬리를 내리지도 않았다. 그 대신 마치 자신이 환영받고 있다고 확신하는 듯이, 그래서 그 개들에게 다가가

기를 원하는 듯이, 공주처럼 우아한 걸음으로 앞으로 나아갔다. 채 10미터도 못 되는 거리에 이르렀을 때 비로소 이눅슉은 부드럽고 친근한 미소를 지으며 정중하게 고개를 숙였다. 그런 다음 놀랍게도 마치 좋은 일만 있으리라 기대하고 있다는 듯 뒷무릎을 굽히고 몸 뒤쪽을 낮추며, 으르릉거리는 낯선 개들에게 절을 했다. 그리고 그 순간 오줌을 찔끔 누었는데, 그것은 관중을 향해, 당신들은 힘센 어른이고 나는 그 사실을 알고 있습니다, 당신들 앞에서 나는 강아지에 지나지 않습니다, 하고 말하는 것과 같았다. 이눅슉은 그렇게 말했고, 스무 마리의 사나운 어른 개들에게 효과는 거의 마법과도 같았다. 그 즉시 개들은 일제히 세웠던 털을 낮추고 경직되었던 입술을 느슨하게 풀고 눈길을 돌렸고, 마치 이전부터 알고 지낸 것처럼 이눅슉을 받아들였다.

물론 우리는 그런 개와 헤어질 수 없었다.(잠시 누구에게 맡긴 적은 있었다.) 그래서 곧 원래 속한 무리의 한가운데로 이눅슉을 데려왔다. 그 후로 이눅슉은 여생을 코키의 딸이자 보조자로 살았다. 태생과 세대로 인해 서열이 낮았음에도 이눅슉은 자신의 위치를 우아하게 지켰고, 자신의 상황을 너무도 잘 받아들여 다른 개들이 새삼 상기시킬 필요도 없었다. 그뿐만 아니라 종종 서열이 높은 개처럼 보이기도 했다.

여섯에서 여덟 마리 개와 함께하는 도시 생활은 어떤 것일까? 사실 그렇다고 특별한 일은 없다. 딩고와 몇몇 썰매견들은 비슷한 점이 많다. 무척 섬세하고 참으로 깨끗하고 조용해서 그들이 옆에 있다는 사실조차 알아차리기 힘들다. 우리 집 개들은 길들여진다는 것이 별 의미가 없었다는 점에서는 고양이와 비슷했으며, 강하면서도 몸무게는 아주 가벼워 가만가만 움직인다는 점에서는 코요테나 자칼과 비슷했다. 움직일 때는 퍼그가 그보다 더 큰 개들보다 훨씬 많은 소음을 내는데, 그건 퍼그의 걸음걸이가 서툴기 때문이다. 또 퍼그만이 주위 인간들 삶에 많은 관심을 갖고, 그에 따라 퍼그만 짖는다. 물론 대개의 동물들도 조금은 짖는다. 다시 말해 인간을 포함한 동물 대부분이 놀라 당황하게 되면 우리 인간 종의 "응?" 하는 것과 같은 짧고 날카로운 소리를 낸다. 완전히 길들여진 개들은 당혹스러움의 표현으로, 설명되지 않는 사건을 주위에 환기하기 위해 집요하게 짖는다. 하지만 허스키들은 하늘의 새를 향해 짖지 않듯이 사람이 만들어낸 소리나 사건에 짖지 않는다. 새나 사람이 하는 일은 그들에게 별 의미가 없기 때문일 것이다.

반면 개들은 서로에 대해서는 무한히 관심을 기울인다. 잠시 자리를 비웠던 개가 돌아오면 다른 개들은 조용히 그를 둘러싸고 냄새를 살핀다. 몸 냄새는 마음 상태뿐만 아니라 그 밖의 다른 많은 것들을 전해주며, 털에 묻은 냄새는 그가 갔던 장소의 냄새를 전해준다. 그들은 그 개의 입술과 털과 성기와 다리와 발 냄새를 맡는다. 드물게는 항문이나 항문샘의 냄새를 맡기도 하는데, 분명 거기서 그 개의 여정보다는 그 개 자신과 관련된 정보를 얻을 수 있어서일 것이다. 개들은 내 냄새를 맡기도 했다. 특히 내가 오랫동안 집을 비운 후면 더 그랬다. 그들은 마치 내가 냄새의 강물을 철벅거리며 건너오기라도 한 듯 무릎 아래 종아리에 특별히 주의를 기울였다.

그들은 점잖고 우아하긴 하지만 내게 늑대를 떠올리게 했다. 그들은 늑대처럼 여행을 했다. 때로 우리는 무리를 지어 숲을 헤치며 여행을 하는 늑대들을 떠올린다. 실제로 그들은 그렇게 한다. 특히 무리 전체가 이동하는 겨울이면 같은 장소로 돌아가야겠다고 계획하지 않고 여행을 한다. 혼자 혹은 짝을 지어 여행하는 경향도 있다. 개들도 그렇게 했지만 여행이 끝나면 항상 우리 집으로 돌아왔다. 흥미롭게도 개들은 나와 함께 있을 때, 그리고 우리의 목적지가 모호할 때 무리를 지어 여행했다. 나는 그들과 함께 도시를 가로질러 가곤 했는데, 그럴 때면 마리아를 줄에 묶어 내 옆에 세웠다. 그러면 다른 개들은 마리아나 내 뒤를 밟았고, 그렇게 우리는 한 무리처럼 질서 있고 응집력 있는 집단으로 움직였다. 말할 필요도 없지만 나는 그들을 그렇게 하도록 훈련하지도, 훈련을 목적으로 다른 뭔가를 하지도 않았다. 개들이 내가 무엇을 원하는지를 알게 하기보다는, 내가 그들이 원하는 것 그대로를 보려고 했다.

대체로 그들은 늑대처럼 살기를 원했다. 늑대와 마찬가지로 흙 속에 제 몸의 모양대로 얕은 구덩이를 판 다음 그곳에서 낮의 열기를 견디며 잠을 잤다. 그리고 겨울이면 내가 집 안에 들이려 애쓰고 밤이면 꼭 들어오게 했음에도 눈 속에 잠자리를 마련했다. 눈이 내린 다음이면 나는 종종 텅 빈 뜰에서 개들의 이름을 불렀지만, 그들은 오직 스스로 묻혀 있던 눈밭 속에서만 모습을 드러내곤 했다. 허스키들은 특히 겨울을 좋아했는데, 썰매견이 된 후에는 더 그랬다. 낮이 짧아지고 밤이 추워지면 행복에 겨운 듯 흥분했고, 첫눈이 내릴 때 절정에 이르렀다. 눈이 내리기 시작하면, 아무 소리를 내지 않아도 태도만으로 그들이 흥분해서 팽팽히 긴장하고 있는 것을 알 수 있었다. 그들은 서둘러 무리 지어 밖으로 나가 들뜬 채로 뜰을 맴돌았고, 내리는 눈을 붙잡으려 공중으로 도약했다.

한번은 그들을 늑대와 비교할 기회가 있었는데, 배핀섬에서 힘겹게 살아가는 늑대들뿐만 아니라 개들과 거의 비슷한 삶을 살아가는, 길들여져 집에서 돌보는 늑대들과 비교해볼 수 있었다. 제스로와 클렘이라는 이름의 이 늑대들은 학교와 기타 교육기관에서 모습을 비췄고, 늑대 가죽을 파는 백화점 앞에서 피켓 시위를 하는 데 불려 나가기도 했다. 우리 동네에서는 늑대들의 방문이 커다란 파문을 일으켰다. 수컷 개들은 슬그머니 뒤쪽으로 빠졌지만, 암컷들은 대담하게 앞으로 나가 장난을 쳤다. 불안한 마음이 든 이웃들이 경찰을 불렀는데, 불법적인 상황이 아니어서 격리 조처를 취할 수 없었기에 거리에서 대기하는 정도에 그칠 수밖에 없었다. 하지만 그 두 마리 늑대는 자신들이 사람들을 얼마나 놀라게 하고 있는지 몰랐다. 그들은 사이좋게, 기분 좋은 듯 멋진 단풍나무 아래에 한가롭게 앉아 우리 집 주위를 천천히 도는 순찰 차량을 지켜보거나, 이따금 머리를 들어 우리 개들을 쳐다보았다. 이층에 갇혀 있던 우리 집 개들은 그사이 계속해서 창밖을 내다보았다.

태도로 보아 그 두 마리 늑대는 우리 개들과 다를 것이 없었다. 우리 개들이 대부분 그랬듯이 혈연관계가 아니었다. 심지어 같은 종도 아니었다. 한 마리는 버펄로 늑대였고, 다른 한 마리는 툰드라 늑대였다. 우리 개들과 마찬가지로 그들은 단지 좋은 친구에 지나지 않았다. 내가 본 바로는 최소한 한 가지 점에서만큼은 확연히 달랐는데, 그것은 늑대들이 때로 무료한 시간을 보내기 위해서인 듯 노래를 부르곤 한다는 점이었다. 목소리는 맑고 무척이나 아름다웠다. 그들이 부르는 노래는 카논처럼 정밀한 복합 이중창으로, 그 속에서 우연적이거나 임의적인 요소는 찾을 수 없었다. 그 노래에는 마치 전기적인 힘이 있는 듯 듣는 이의 머리칼을 쭈뼛 서게 했다. 나중에 함께 기뻐하는 걸로 보아 그 두 마리 늑대는 노래하면서 큰 즐거움을 느끼는 듯했다.

그들은 언제나 하루 중 일정한 시간에 노래를 불렀다. 가령 매일같이 오후 4시 무렵이면 한참 동안 노래를 불렀는데, 적어도 우리 집 앞에 있을 때는 그랬다. 그리고 아침마다 짧게 노래를 했다. 그들은 밤이면 밴에서 잠을 잤는데, 항상 어디가 동쪽인지 알았다. 믿기 어려운 일이긴 하지만, 하늘이 희미하게 밝아지면 밴의 조그만 창문 앞으로 다가가 동쪽 하늘을 바라보았다. 해가 떠오르기를 기다렸고, 지평선 위로 붉은 해가 모습을 드러내는 순간 노래를 부르기 시작했다. 반려인의 말에 따르면, 다 자란 후로 날이면 날마다 그렇게 해왔다고 한다. 항상 해가 떠오른 직후였다. 이유가 뭘까? 어느 누구도 그 이유를 알 수 없다. 그럼에도 그들의 지혜는 놀랍기만 하다.

그와 달리 우리 개들은 거의 노래를 하지 않았다. 늑대 울음소리를 처음 들은 개들은 완전히 침묵에 잠긴 채 집중해서 귀를 기울였지만, 답가도 합창도 하지 않았다. 그땐 이상하게 느껴졌다. 하지만 잠시 생각을 더듬자, 우리 개들은 이따금 소방차 소리에 짖어대는 것 외에는 노래를 부르거나 울부짖지 않았다는 데 생각이 미쳤다. 늑대들은 늘 노래를 한다. 다른 허스키들도 그렇다. 개들이 크게 무리 지어 있는 곳이면 어디서든 시끄럽게 울어대서 문제가 된다. 도시에서건 시골에서건 단 한 사람만으로도 주변에 있는 개 모두를 울부짖게 만들 수 있고, 숲속에서 들려오는 울음소리를 통해 과학자들은 누군가에게 화답하는 늑대들의 위치를 알아내기도 한다. 하지만 우리 개들은 울지 않았다. 아무도 우리 개들을 울부짖게 만들지는 못했다. 혼자서도, 함께도 울지 않았다. 그들은 두 가지 경우를 제외하곤 절대 울부짖지 않았는데, 나로서는 그 이유를 알 수 가 없다.

그 두 예외란 어떤 것이었던가? 퍼그 빙고는 열두 살 나이에 대대적인 수술이 필요한 요로결석에 걸렸다. 빙고의 아내 바이올렛은 평소와 달리 초조해했다. 남편이 수술을 받기로 한 날 바이올렛은 뭔가 잘못되었음을 깨닫고는 두려움에 사로잡힌 채, 내 차에 타는 빙고를 따라가려고 애를 썼다. 나는 바이올렛의 등을 발로 밀치고서야 차 문을 닫을 수 있었다. 몇 시간 후 집에 돌아올 때까지 나는 바이올렛에 대해서는 깜빡 잊고 있었다. 바이올렛이 저녁을 먹으러 나타나지 않았을 때야 비로소 생각이 나 바이올렛을 찾았다. 바이올렛은 거실 탁자 아래에 숨어 있었다. 그곳에서라면 문으로 들어오는 모든 것을 볼 수 있었기 때문이다. 내가 불러도 바이올렛은 나오지 않았다. 취침 시간이 되어도 침대로 오지 않았다. 대신 거실 문 옆 어둠 속에서 혼자 밤을 지새우며 빙고를 기다렸다. 우리가 불을 끄자, 억지로 누르는 듯 희미하고 이상한 소리가 들렸다. 바이올렛이 울부짖고 있었다.

바이올렛의 울음소리를 들은 것은 그때가 처음이자 마지막이었다. 늑대들은 서로 부르려고 울부짖는데, 내가 보기에는 바이올렛도 그랬던 것 같다. 바이올렛은 분명히 빙고를 부르고 있었다. 며칠 후 빙고가 집에 왔다. 바이올렛의 기쁨은 끝이 없어 보였다. 튀어나올 듯한 눈을 하고는 빙고에게 몸을 비비며 낑낑거리다가 숨을 헐떡거리곤 했다. 빙고는 바이올렛의 환대를 담담하게 받아들였다. 습관대로 자기가 없는 사이에 집에 무슨 일이 있었는지를 알아내려는 듯 바쁘게 집을 조사하는 데 더 관심이 있는 것 같았다.

그로부터 얼마 지나지 않아 빙고는 두 번째 수술을 받다가 심부전으로 죽었다. 빙고가 두 번째로 병원에 실려 가자, 거실 탁자 아래에 자리를 잡은 바이올렛은 잠시 뜰에 나가 쉬거나 뭔가를 먹거나 마시러 부엌에 가는 때 말고는 자리를 뜨려 하지 않았다. 그는 탁자 아래에 몸을 웅크리고 앉아 문을 주시하며 밖에서 들리는 소리에 귀를 기울였다. 나는 바이올렛이 그리움 때문에 식욕을 잃을 거라고 생각했다. 하지만 이미 통통하게 살이 찐 바이올렛은 계속해서 탐욕적으로 먹어댔으며, 슬픔으로 인한 소모적인 징후는 보이지 않았다. 대신 좀 더 불안해하고 산만해졌으며, 좀 더 우유부단해졌다. 뭘 먹게 하거나 밖에 데리고 나가려고 부를 때면, 벌떡 일어나 혼란스러운 듯 잠시 갈팡질팡했다. 내가 아는 한 바이올렛은 살면서 누군가에게 충격을 받은 적이 없었다. 하지만 이제 바이올렛은 우리를 두려워했다. 우리 중 누군가가 몸에 손을 대려 하면 두려운 듯 손길을 물리치며 몸을 피했다. 그 후로 1년 동안 바이올렛은 그렇게 거실 탁자 아래에서 혼란스러워하며 몸을 떨었고, 결국에는 빙고와 마찬가지로 심부전으로 죽었다.

그 후 남은 우리는 버지니아로 이사를 갔다. 그곳에는 근처에 말 사육 농장이 몇 군데 있었다. 우리는 개들이 배회하지 못하도록 더 신경을 써야 했다. 마리아와 세 아들은 지나치게 늑대 같은 구석이 있었기 때문에 발굽이 있는 커다란 짐승 근처에는 얼씬도 못 하게 해야 했다. 특히 수컷 중 서열이 가장 높은, 만형뻘인 스웨시가 말의 목덜미를 향해 뛰어오르다가 머리를 차여 정신을 잃고 쓰러진 후로는 더더욱 그래야 했다. 그들을 가둬놓을 요량으로 우리는 그들이 늘 그랬듯이 자유를 찾아 굴을 파지 않도록, 갇혀 있다는 느낌을 받지 않도록 충분히 커다란 우리를 만들었다. 그리하여 우리 집 개들의 가계에서 우두머리 격인 네 마리는 우리에 머물 수밖에 없게 되었다. 그런데 이로 인해 다른 네 마리, 즉 말의 뒤꽁무니를 쫓지 않아 언제든지 자유롭게 다닐 수 있는 코키, 비바, 파티마, 이눅슉도 서열이 높은 개들과 함께 우리 속에 있는 편을 더 좋아하게 되었다.

어느 날 나는 서열이 세 번째인, 맨 마지막에 태어난 허스키 수컷 조이가 우리 한가운데에 혼자 앉아 있는 것을 발견했다. 조이는 주위 개들에게는 신경을 쓰지 않았다. 나는 곧 조이가 아프다는 것을 알아채고 내 작업실로 데리고 들어갔다. 그곳에서 조이는 책상 아래로 기어 들어갔다. 그 후로 몇 주를 그곳에서 머물렀다. 그사이 수의사는 무엇이 잘못되었는지 알아내려 애를 썼지만, 소용이 없었다. 결국 목숨을 구하기 위한 마지막 시도로 내가 다시 데려간 수의사의 진료실에서 조이는 죽음을 맞았다. 부검 결과 신장에 문제가 있는 것으로 밝혀졌다.

나는 죽음을 아주 현실적인 관점에서 본다. 영혼과 생명이 떠나게 되면 몸에 대해서 생각하는 것은 별 소용없는 일이다. 나는 수의사에게 조이를 묻어달라고 한 뒤 집으로 돌아왔다.

안개 낀 따뜻한 가을 저녁이었다. 그날 나는 회색 개 한 마리가 새로이 들어가게 될 사후 세계에 대해 생각하고 있었다. 그때 다른 개들 모두가, 어떤 아이는 울타리 안에서 어떤 아이는 울타리 밖에서 웅크리고 앉은 채 가만히 나를 지켜보았다. 나는 그들에게 다가가 내 몸 냄새를 맡게 했다.

다시금 나는 그 순간 무슨 일이 있었는지 온전히 이해할 수 없었다. 가령 개들이 내 손과 옷에 한참 동안 집요하게 코를 들이댄 후 무슨 냄새를 탐지했는지 알지 못한다. 나는 종종 내 몸 냄새를 맡게 함으로써 그사이 일어난 사건들을 알리곤 했다. 출산 후엔 항상 내 손 냄새를 맡게 했는데, 그럴 때면 늘 자신들이 깨달은 사실에 다소 호기심을 보였으며 분명 기뻐하고 있는 것을 알 수 있었다. 내 생각에는 그들이 양수 같은, 출산 시 분비되는 물질의 흔적을 찾고 그것이 무엇을 의미하는지 깨달았던 것 같다. 어쩌면 출산과 마찬가지로 죽음 또한 특징적인 냄새가 있는지 모른다. 아니면 개들은 내 얼굴을 보고 뭔가 잘못되었다는 것을 알았는지도 모르겠다. 분명 나는 슬펐지만 울지는 않았다. 개들은 사람의 태도에서 아주 사소한 변화까지도 감지할 수 있으며, 그들의 감정 이입 능력은 눈앞에 보이는 것을 해석하는 데 큰 도움이 된다. 그들은, 도대체 조이는 어디 있을까, 하고 생각했음이 틀림없다. 냄새를 통해 무엇을 알아냈든, 내 모습을 보고 무슨 생각을 했든 간에 그들은 조이가 아주 멀리 간 게 아닌가 생각했던 것이 분명하다. 내가 자리를 뜬 지 얼마 지나지 않아 개들은 울부짖기 시작했다. 울음소리는 밤새도록 간헐적으로 이어졌다.

개들이 진정으로 원하는 것은 무엇일까? 그들은 무리에 속하기를 원하며, 서로를 원한다. 짝을 지은 한 쌍과 그 새끼들로 이루어진, 자연스럽게 형성된 무리야말로 가장 안정적일 테지만 우리 집 개들처럼 외부에서 온 한두 마리가 섞여 있는 무리도 안정적일 수 있다. 모든 개가 일인자가 되고 싶어 할 수도 있지만, 사람이 그렇듯 개들도 대개 다른 개들을 지배하기보다 무리 내에 끼기를 더 원한다. 개들이 각각 자신의 위치에 만족하게 되는 순간부터, 사회적인 질서는 튼튼하고 훌륭한 사다리처럼 확고하며 의존할 수 있는 어떤 든든한 것이 된다. 무리의 구성원을 잃는 것은 큰 사건이다. 우리 집 개들이 그날 밤 조이를 애도하며 밤하늘을 향해 울부짖은 이유도 거기에 있었다.

흥미롭게도 울부짖는 행위는 개들이 드물게 드러내는, 서로를 향한 연대감의 분명한 증거 중 하나이다. 버지니아에서는 또 다른 증거가 아주 극적인 방식으로 드러났는데, 그 중요성은 일종의 추리를 통해서만 파악할 수 있었다. 개들이 굴을 판 것이다.

이 사실이 왜 중요한지, 그것이 무엇을 의미하는지 이해하기 위해서는 인간이라는 종에 대해, 그리고 이 개들에게 일어난 일이 우리에게도 일어난다면 우리는 어떤 반응을 보이게 될지에 대해 생각해보아야 한다. 가령 여덟아홉 명의 사람들이 숲속 어딘가에 있게 되었다고 하자. 한동안 그곳에 있어야 하지만 굳이 딴 곳에 가야 할 필요도 없으며 그 상황이 그다지 절망적인 것도 아니라면, 그들은 어떻게 할까?

이 질문에 대답하려면 우리가 서로에게 어떤 의미를 갖는지를 알아야 할 것이다. 만약 서로를 적이나 미심쩍은 이방인으로 간주한다면 사방으로 흩어질 것이다. 하지만 동료이거나 가족이라면 한동안 그곳에 머물기로 했건 아니면 상황에 대처할 방도를 찾기 위해서건, 우선 야영지를 만들 것이다. 그 경우 우리는 일행과 우리의 활동에 집중할 필요를 느끼게 된다. 일종의 피난처를 만들건, 풀을 잘라내 빈터를 만들건, 불을 피우건, 아니면 소풍을 위해 담요 한 장을 펼치건 우리는 우리에게 맞는 방식으로 환경을 조금 변화시키게 된다. 먹을 것을 찾으러 가거나, 놀이를 하거나, 또는 그 상황에 어울리는 것으로 보이는 다른 어떤 일을 하기 전에 먼저 그 일을 할 필요를 강하고 예민하게 느끼게 된다. 이유가 뭘까? 야영지를 만든 후에야 비로소 우리가 어디에 있어야 할지, 어디로 돌아와야 할지, 다른 사람들을 어디에서 찾게 될지, 그리고 그들이 우리를 어디에서 찾게 될지를 알 수 있기 때문이다.

이런 상황에서 야영지를 마련할 필요를 느끼는 것은 대다수에게 너무도 분명해 굳이 이야기할 필요도 없으며 전혀 놀랄 일도 아니다. 그러한 필요는 인간이라는 종보다 훨씬 오래된 것이다. 하나의 중심지를 이용한다는 관념은—설사 어린것들이 먹을 것을 찾으러 간 어른들을 기다리는 장소에 지나지 않더라도—공룡이 둥지를 튼 것만큼, 아니면 그보다도 오래된 것이다. 지금도 악어에서부터 새와 개, 그리고 사람에 이르기까지 많은 동물이 둥지에서 시작해 야영지와 굴까지 특정 장소를 자기네 무리가 함께하는 곳으로 이용한다. 그러니 우리 개들이 버지니아에 굴을 만들었다는 사실은 그다지 놀랄 일이 아니다.

그럼에도 그것은 놀라웠다. 어느 날 우리는 우리 개들이 사회적인 유대를 위해 이룬 최고의 성과물임이 틀림없는 무언가를 발견했다. 우리가 제공한 편안하고 튼튼한 다수의 피난처—작은 문이 달린 건조한 겨울나기용 피난처와 바람이 통하고 그늘이 있어 여름에 사용하기 적합한 탁 트인 피난처가 있었는데, 두 곳 모두 건초와 히말라야삼목 대팻밥이 깔려 있었다—가 있었음에도 개들은 배핀섬 늑대들만큼이나 야심적이고도 명민하게 완전한 굴을 스스로 마련했던 것이다. 실제로 버지니아에서 만든 굴은 늑대의 굴과 거의 비슷했는데, 언덕 옆쪽으로 5미터쯤 수평으로 파 들어간 터널이었다. 개들은 배수가 잘 되고 지층이 단단한 진흙층을 골랐고, 굴 천장은 무너지지 않도록 얇은 돌으로 만들었다. 굴의 한쪽 끝 근처에는 가로세로 각 1미터, 높이 60센티미터 정도 되는 방을 하나 팠는데, 개 한두 마리가 잠을 자기에도 충분하리만치 컸다.

하지만 그 굴과 관련해 가장 놀라웠던 것, 아니 최소한 내가 보기에 가장 놀라웠던 것은 굴을 둘러싼 비밀스러움이었다. 나는 매일같이 우리를 최소한 두 번, 대개 그보다 자주 찾았고, 주위를 걸어다니며 문제점이나 혹시 있을지 모르는 도주로를 조사했다. 또 개들을 관찰하거나 그저 함께 어울리며 매일같이 시간을 보냈다. 그랬음에도 나 혹은 다른 어느 누구도 그들이 거대한 구멍을 파고 있다는 것을 전혀 눈치채지 못했다. 터널의 입구가 우리 집 현관에서 고작 20미터밖에 떨어져 있지 않았는데도 말이다. 사실 이따금 개 한두 마리가 수수께끼처럼 사라지긴 했지만, 우리가 워낙 넓었기에 그 안의 다른 어딘가에 가 있을 수도 있었고, 우리를 철저하게 조사하지는 않은 나로서는 문제의 개들이 우리 안에 없다고 장담할 수 없었다. 그랬기에 사라진 개들이 땅속 깊은 곳에 있으리라고는 짐작조차 하지 못했다. 실제로는 내가 그들 바로 위에 서 있었을 수도 있는데 말이다. 그들이 벌이는 일의 증거가 될 파낸 흙더미조차도 구경할 수 없었다. 믿을 수 없게도, 커다란 덤프트럭을 채우기에 충분한 양의 흙더미를 얼마나 감쪽같이 흩뿌려 놓았는지 아무런 증거도 남아 있지 않았다.

그 비밀스러움은 의도적이었을까? 나는 그렇다고 확신한다. 가령 터널의 입구는 장작더미 아래에 숨겨져 있었는데, 그 장작더미 또한 우리 주위의 울타리 일부를 이루던 차고 처마로 가려져 있었다. 처마 덕분에 굴 입구로 비가 흘러들지 않았다는 점을 생각하면, 비밀 유지 외에도 다른 사항들이 계획 단계에서부터 고려되었음이 분명하다. 하지만 개들이 비밀스러움을 원하지 않았다면, 왜 사람이 있는 자리에서는 굴을 파거나 그 안을 들락거리지 않았는지를 설명할 수 없다.

그런데 어느 날 마리아가 실수를 저질렀다. 그가 굴속으로 들어가고 있을 때 내가 우리로 들어온 것이다. 그때 나는 무심코 장작더미 쪽을 바라보았는데, 마리아의 엉덩이와 꼬리가 통나무 사이로 사라지는 것을 보고 깜짝 놀랐다. 왜 개가 장작더미를 비집고 들어가는 걸까? 장작더미 속으로 숨는 작은 동물을 쫓을 때와는 달리 마리아는 침착하고 유연하게 움직였다. 더욱이 장작더미는 차고를 지을 자리를 마련하느라 베어낸 나무 몇 그루를 쌓아놓은 것에 지나지 않았다. 높이라고 해봤자 통나무 셋을 쌓은 정도였고, 통나무 또한 지름이 짧아 전체 더미도 개의 어깨높이 정도밖에는 되지 않았다. 그럼에도 마리아는 마치 환영처럼 그 안으로 사라졌다. 여기서 무슨 일이 있었던 걸까?

가까이 다가가자 통나무 두 개 사이로 폭이 30센티미터 정도 되는 공간이 드러났다. 통나무를 치우자 아래쪽 통나무 사이에서도 비슷한 공간이 보였다. 그 통나무도 치우니 그 아래로 교량의 밑면과 그것이 거울에 비친 모습이 더해진 커다란 타원형 구멍이 나타났다. 구멍의 단축短軸은 개 몸통의 지름과 비슷한 길이인 약 60센티미터였다. 그때까지도 나는, 그런데 이게 뭐지, 하는 생각밖에 할 수 없었다. 엎드려 안쪽을 들여다

보려 했지만, 1미터쯤 안쪽에서 통로가 약간 위쪽으로 굽어 있어 멀리까지는 볼 수가 없었다. 안은 몹시 어두웠다. 내가 보고 있는 것이 무엇을 의미하는지 나는 여전히 이해하지 못했다. 그때 마리아가 뛰쳐나왔고, 우리의 얼굴이 마주쳤다. 마리아는 놀란 것처럼 보였다. 놀라기는 나도 마찬가지였다. 그 안 어딘가에 마리아가 돌아설 수 있을 만큼 널찍한 공간이 있는 게 틀림없었다.

그 후 우리는 긴 대나무 막대로 찔러보기도 하면서 그 굴을 조사해보았다. 굴의 크기를 알게 되고는 깜짝 놀랐다. 또 개들이 굴을 파는 데 사회적인 이유 외에 다른 이유가 있다는 것도 알게 되었다. 가령 흙 속 깊은 곳은 기후 조건이 완벽했다. 연중 섭씨 13도 정도로 기온이 일정한 굴은 여름에는 시원하며 겨울에는 따뜻할 뿐만 아니라, 바람과 모기와 햇빛을 피할 수 있는 피난처였다. 따라서 개들이 그곳을 좋아한 이유는 쉽게 알 수 있었다. 다만 분명하게 알 수 없었던 것은 그 비밀스러움이었다. 개는 늑대와 비슷하다. 늑대들은 굴을 비밀리에 유지하므로 그 내밀함이 전례가 없는 것은 아니었다. 그런데 왜 비밀리에 굴을 지키려는 걸까? 물론 굴을 파는 데는 엄청난 에너지가 소모되므로 순수한 경제적인 가치가 있다는 것도 부정할 수 없다. 따라서 어쩌면 굴의 주인은 그것을 뺏길까 봐 두려워

할지도 모른다. 결국 굴을 얻는 가장 손쉬운 방법은 다른 누군가가 판 굴을 빼앗는 것이니 말이다. 아니면 후손들을 보호하고 숨겨야 하는, 늑대들의 격세유전을 느꼈는지도 모르겠다.

이유야 어떻든, 내가 굴에 대해 알게 되었다는 것을 알아챈 개들은 더 이상 비밀에 부치지 않고 자유롭게 들락거렸다. 때로 서너 마리가 함께 들어가 한참을 보내기도 했는데, 아마도 콩깍지 속 콩들처럼 서로의 뒤에 줄지어 있는 모양이었다. 마지막으로 들어간 한 마리만이 아무 때나 나올 수 있었다. 안쪽 개들은 때로 바깥쪽의 다른 개들을 지나쳐 나올 수 없다는 이유만으로 안에 머무는 것처럼 보였다. 하지만 어떤 개도 그 문제에 대해 특별히 민감하게 반응하지는 않았다. 굴속에서 오랫동안 머문 후 다시 기운이 난 듯한 한 마리는 침착하게 나온 반면, 다른 두 마리는 불편한 모습으로, 온몸에 흙을 묻힌 채로 뛰쳐나와 몸을 털거나 어딘가로 달려갈 때도 있었다. 타원형 구멍의 구석으로 공기가 들어가 숨이 막힐 염려는 없었지만, 개 세 마리가 한 시간 이상 지내자면 무척 갑갑할 게 틀림없었다.

그 굴은 개들이 이뤄낸 놀라운 성과물이었으며, 그들 삶의 중추였다. 결국 한 구멍으로부터 우리의 모든 구석으로 향하는 길이 만들어졌다. 늑대와 마찬가지로 마리아와 수컷 한 마리—마리아의 둘째 아들 윈디고—는 그 굴을 최대한 활용했다. 다른 개들과 달리, 그 둘은 종종 굴을 더 깊게 파 새로운 길을 만들었다. 진흙 부스러기가 입에서 뿜어져 나오는 것을 보면, 그들 중 한 마리가 굴 안에서 일하고 있다는 것을 알 수 있었다. 서열이 낮은 동물은 우두머리 한 쌍의 추종자에 지나지 않는다는 관념에 충실하기라도 한 듯 다른 암컷들은 굴을 이용하는 일이 드물었고, 가장 서열이 낮은 딩고 암컷인 어린 비바는 절대로 이용하는 일이 없었다. 대신 그 암컷들은 서열이 가장 높은 수컷인 스웨시 근처에 머물며 굴 주위의 언덕 흙 속에 자신들을 위한 또 다른 잠자리를 만들었다.

그리고 마침내는 인간과의 유대에서 벗어나기라도 한 것처럼, 개들은 그들의 의식에서 인간이라는 존재를 지워버린 듯했다. 우리에게 늘 친밀감을 보였지만, 결코 순종적이지는 않았던 것이다. 우리는 변화를 느끼기 시작했다. 가령 외출했다가 집에 돌아오면 그들은 다소곳이 우리를 맞았지만, 낯선 사람에 대해서는 전혀 눈치채지 못했다. 한번은 집에 도둑이 들었는데, 도둑을 보고도 그들은 아무런 문제를 느끼지 못했다. 케임브리지에 살던 시절 비슷한 사건이 있었을 때는 코키가 신경쇠약 상태에 이르렀었다. 젊은 도둑이 침입한 동안 코키는 어두컴컴한 화장실 변기 뒤에 숨어 무서움에 떨고 있었다.

하지만 버지니아의 숲속과 굴이 있는 언덕에서는 개의 삶이 코키를 완전히 흡수해버려 사람이 하는 일은 코키의 마음에서 지워져버렸다. 노예 같은 존재로 자란 코키에게는 진정 도약이었다.

그 무렵 개에 대한 나의 관찰은 거의 끝이 났다. 더 볼 것이 없었다. 개들은 인간의 눈으로 관찰할 수 있는 방식으로는 더 이상 서로 관계를 맺지 않았다. 배핀섬의 야생 늑대들과 마찬가지로 그들의 관계는 모두 정리가 되었다. 각각의 개에게는 제 위치가 있었고, 모두가 만족해했다. 그들의 일상사는 완벽했으며, 삶은 순조롭고 고요했다. 그들이 나라는 존재에 대해 무미건조한 친밀감을 내보이는 것 외에 아무 반응도 하지 않게 되면서, 또 더는 그들이 서로에게 반응할 이유가 없게 되면서, 나는 그들이 있는 곳으로 그들의 조건에 맞추어 찾아가는 것 말고는 다른 선택의 여지가 없었다. 그해 초가을에 나는 늦은 오후 시간을 우리 속에서 그들과 함께 보내기 시작했다. 놀라운 경험이었지만, 쉽게 묘사할 수 있는 것은 아니었다. 삶이 고요하고 즐거운 것으로 느껴질 때면 개들은 아무것도 하지 않는다. 따뜻한 가을 오후 그 언덕에서 우리가 한 일은 아무것도 하지 않는 것이었다.

동물의 삶에 대해 더 많은 것을 알고 싶어 하는 대부분의 사람들처럼, 나는 늘 인간이 아닌 존재의 의식으로 들어가고 싶어 했다. 가령 개들에게는 세상이 어떻게 보이며, 소리는 어떻게 들리고, 냄새는 어떻게 맡아지는지 알고 싶었다. 개의 마음속으로 들어가 개가 무슨 생각을 하며 무엇을 느끼는지 알고 싶었고, 또 개가 나를 보며 뭔가 자신과 다른 존재가 아닌 같은 존재로 보기를 원했다. 그런데 놀랍게도, 굴 옆에서 오후 시간을 보내면서 나는 그것을 거의 이룬 것처럼 느꼈다.

그것은 어떤 느낌이었던가? 한편으로 아주 멀리 있는 시골 조용한 작은 마을에 들어서는 것과도 같았으며, 다른 한편으로는 새로운 차원의 세계에 들어서는 것 같기도 했다. 집에서 20미터도 채 떨어지지 않은 그곳에서, 나와 개들은 우리 집과 인간이라는 종과 나의 삶과는 아무런 관련이 없는 세계에 들어가 있었다.

아무것도 하지 않고, 다만 느끼며 한가롭게 앉아 있기란 영장류에게는 힘든 일이다. 그럼에도 비록 한때였을지라도 그때만큼은 나는 영장류에 속하지 않았다. 마침내 개들이 인간들 사이에서 사는 법을 배웠듯, 나 또한 그들 사이에서 산다는 것이 무엇인지를 깨닫게 되었다. 그날 늦은 오후 우리는 햇살을 받으며 서로 드문드문 떨어져 앉거나 배를 깔고 누운 채로, 언덕 아래쪽 나무들 사이로 움직이는 것들을 가만히 바라보았다. 새들은 노래하지 않았고, 곤충들만 울었다. 메말라가는 고요한 숲속 나무에서 이따금 뭔가가—꼬투리나 나뭇잎이었을 것이다—떨어졌고, 우리는 그 소리를 들었다. 그림자가 길어지는 사이, 조용히 누워 그 순간과 고요와 붉은 해의 따뜻한 빛을 만끽했다. 모두 아무 걱정 없이 서로에게 만족을 느끼면서 가만히 평온하게 있었다. 나는 북극부터 아프리카 사바나에 이르기까지 지구의 많은 곳을 가보았다. 하지만 어디를 가든 영장류의 능력과 경험에서 벗어나지 못했고, 그 전에도 그 후로도 굴 옆에서 개들과 함께했던 그 순간만큼, 친숙한 것들로부터 멀어진 듯 느낀 적은 없다. 영장류는 말없이 엎드려 있는 것을 권태롭게 느끼지만 개들은 평화롭게 느낀다.

무리의 안정된 상태는 두 번 다시 무너지지 않았지만, 무리 자체는 변했다. 가장 어린 딩고 암컷으로, 크고 서열이 낮고 아름다운 이눅슉은 높은 지위의 수컷 스웨시와 짝지어 새끼를 한 번 낳았지만, 임신이 지위를 높이지는 못했다. 마리아는 굴을 독차지하고는 이눅슉과 공유하려 하지 않았다. 이눅슉은 양어머니 코키와 함께 굴을 대신할 만한 것을 찾아 숲을 뒤졌다. 그들은 땅 위로 드러난 쓰러진 나무뿌리 아래에서 쥐 떼가 차지하고 있는 얕은 구멍을 찾아냈다. 나는 온타리오에서 본 적 있는 속이 빈 통나무가 떠올랐는데, 아무 지위가 없는 임신한 어린 늑대 한 마리가 굴 삼아 그 속에서 살고 있었다. 코키는 쥐들을 몰아냈고, 이눅슉은 그 구멍을 차지했다. 하지만 마지막 순간에 겁이 난 나는 코키와 이눅슉을 집 안으로 데리고 들어왔다. 그들은 집 안에 있고 싶어 하지 않았지만—그들은 그 구멍을 원했다—나는 출산이 잘못되지는 않을까, 하는 두려움에 고집을 꺾지 않았다. 멋진 강아지 다섯 마리가 태어났다. 코키와 이눅슉은 다른 무리와 멀찍이 떨어져 그들의 도움 없이 함께 강아지들을 길렀다. 새끼들에 대한 소문이 퍼져나갔고, 모두들 어느 정도 자란 후 새로운 집으로 보냈다.

그 무렵 이눅슉과 비바를 데리고 중성화 수술을 하러 갔다. 그런데 비바에게 뭔가 문제가 생겼다. 수의사가 마취제를 과다 투여해 간이나 신장이 망가진 것인지, 아니면 자궁이 아닌 다른 것을 떼어냈던 건지, 내가 데리러 갔을 때—비바가 병원에서 죽으면 돈을 못 받을까 봐 의사가 속상해하는 것을 나는 금세 알아챘다—비바는 제대로 서지도 못했다. 그런데도 그는 일어서고 싶어 했다. 내가 자기를 버려두고 갈까 봐 두려워했다. 나에게 비바가 괜찮다고 말하려 애쓰던 가증스런 수의사와 그의 끔찍한 아내를 나는 언제까지나 잊지 못할 것이다. 나는 비바를 집으로 데려왔고, 길을 떠날 수 있을 만큼 안정된 후 우리가 아는 가장 훌륭한 뉴햄프셔의 수의사에게 데려갔다. 그 수의사마저도 비바를 돕지 못했다. 비바는 자신이 얼마나 아픈지 알았고, 우리가 방문한 집 지하실 어두운 구석을 찾아 몸을 웅크리고 숨어버렸다. 나는 그 곁에 앉았다. 비바는 심한 고통을 겪고 있었다. 아무것도 먹지도 마시지도 못했고, 몸을 움직일 때마다 흐느껴 울었다. 비바는 그 진료실에서 고통이 멎도록 수의사가 놓은 치사약물 주사를 맞고 숨을 거뒀다.

그로부터 두 주 후 내 딸이 사고로 심하게 다쳐 매사추세츠에 있는 병원에 입원했다. 우리는 딸이 이내 퇴원할 수 없다는 것을 알게 되었고, 결국 나는 딸을 돌보기 위해 케임브리지로 되돌아가야 했다. 남편은 워싱턴에서 직장 근처에 아파트를 한 채 빌렸고, 우리 집은 낯선 사람에게 임대했다. 그것이 개들과의 마지막이었다.

아니, 그런 듯했다. 썰매견들과 사는 친구 하나가 스웨시와 윈디고를 그의 팀에 합류시켰는데, 경주를 좋아하는 둘에게는 아주 잘된 일이었다. 그리고 나는 반려견 거주가 허용되는 아파트를 한 채 구했다. 우리의 예전 집에 딸린 우리 안의 개집보다도 그리 크지 않았지만, 나와 내 아들과 당시 우리와 함께 살던 학생 J는 코키와 이누슉과 마리아와 파티마와 함께 그 안으로 비집고 들어갔다. 얼마 후 외래 환자로 통원 치료를 받게 된 딸도 함께 살게 되었다.

새 아파트에서 마리아가 보인 첫 행동은 오래전 미샤와 그랬던 것처럼 아파트를 빠져나가 파티마와 여행을 하는 것이었다. 마리아는 어디로 갔을까? 그는 오랫동안 가보지 못한, 전에 살던 동네로 곧장 발을 옮겼다. 하지만 어떤 이유에서인지 우리의 예전 집에는 가지 않았다. 어쩌면 결함이 있는 항법 능력 탓에 그 집을 찾지 못했는지도 모른다. 가까이 가기는 했지만 끝내 찾지 못했다. 마리아는 튼튼한 강아지 파티마를 데리고 우리의 옛날 집에서 두 구역쯤 떨어진 곳에 사는 친절한 동네 주민의 집 현관 계단을 올라갔고, 마리아의 예상대로 그 집 가족은 내게 전화를 했다. 어쩌면 마리아는 좀 더 행복했던 시절, 가령 자기의 굴, 새끼들, 또는 미샤를 생각하고 있었는지도 모른다. 어쨌든 내가 데리러 갔을 때 마리아는 의기소침해 있었다.

그로부터 1년이 지났다. 딸은 이제 병원을 들락거리지 않아도 되었고 대학에 진학했다. 덕분에 나머지 식구는 남은 무리와 함께 버지니아로 돌아갈 수 있었다. 나는 스웨시와 윈디고를 다시 데려와 함께 집으로 갔다. 집에 돌아온 지 얼마 되지 않아 나이가 들 대로 든 코키는 위암에 걸렸다. 코키는 상태가 나빠 걸을 수도 없게 되었고, 나는 코키를 되도록 안전하고 따뜻하고 편안하게 해주기 위해 집 안에, 내 옆에 두려 했다. 하지만 그는 우리로 돌아가고 싶어 했다. 아픈 몸을 이끌고 자갈밭을 지나 문이 있는 곳까지 가서 내게 문을 열어달라고 눈짓을 했다. 결국 코키는 엉금엉금 기어서 우리까지 갔다. 코키를 유달리 아꼈던 나는 코키가 바라는 일을 하는 동안, 그러니까 그가 굴 가까운 곳에 누워 있는 동안 함께 있었다. 코키가 내게 너무도 소중했기에 그 상황에서 내가 제대로 된 관찰을 하지 못했을지도 모르겠다. 그럼에도 그때 나는 뭔가가 무척이나 필요한 순간 코키가 도움을 구하는 이는 내가 아니라는 사실을 알아차릴 수 있었다. 물론 내가 곁에 있는 것을 상관하지는 않았지만 말이다. 내 생각에 다른 개들에게 인정을 받던 코키는 그것을 잃을까 봐 두려워하는 듯했다. 또 코키는 시중을 들어주지는 않아도 이누숙이 그냥 그곳 근처에 앉아 있기를 원했다. 코키가 원한 것은 바로 그것이었다. 함께하기 위해 그토록 애를 쓴 무리 곁에서 코키는 만족하는 것 같았다. 코키의 생 마지막 날들 동안 나는 코키와 함께 우리에 머물렀다. 언젠가 죽어가는 동물들에 대한 글을 읽은 적이 있는데, 그 동물들은 비바처럼 경쟁 상대에게 자신의 상태를 숨기기 위해서인 듯 무리에서 떨어져 나와 숨었다. 이해할 수 있는 일이었다. 하지만 코키는 달랐다. 코키는 이 수수께끼를 풀어주지 않고 죽었다.

그로부터 1년이 못 되어 윈디고가 동생 조이처럼 신부전으로 죽었다. 그리고 얼마 후 마리아도 암에 걸렸다. 파티마는 마리아의 상태가 악화되면서 심한 고통을 겪었다. 마리아가 아플 때 파티마는 그 곁을 지켰고, 내가 마지막으로 마리아를 수의사에게 데려가려 하자 마리아를 구하려는 듯 차에 올라탔다. 내쫓으려 했지만 뒷좌석으로 타 넘어갔다. 뒷문을 열고 붙잡으려 하자 이번에는 앞쪽으로 뛰어 넘어갔다. 마침내 밖으로 내쫓은 후 속도를 내자 파티마는 차를 뒤쫓아 달려왔다. 나는 백미러로 가을의 낙엽처럼 길 위를 구르는 파티마의 모습을 보았다.

그로부터 얼마 지나지 않아 우리는 버지니아를 떠나 뉴햄프셔로 이사했다. 우리와 함께한 것은 허스키 강아지 중 맞이인 스웨시와, 딩고 암컷들인 파티마와 이눅숙이었다. 뉴햄프셔에서는 개들이 살 우리가 필요없었다. 나와 남편은 개를 위한 문을 만들었고, 누구나 마음대로 들락거렸다. 양로원 노인들처럼 개들은 많은 시간을 함께 보냈고, 서로를 차분하게 받아들이는 모습은 모든 갈등이 오래전에 해소되었다는 것을 알려주었다. 매일 아침 그들은 천천히 밖으로 나가 함께 오줌을 눴는데, 서열이 가장 낮은 이눅숙이 장소를 고르는 일을 맡았다. 이

누숙은 적당해 보이는 장소를 찾을 때까지 코를 킁킁거리며 돌아다녔고, 마침내는 다른 개들이 지켜보는 앞에서 오줌을 눴다. 볼일을 마친 이누숙이 기지개를 켜며 옆으로 비켜서면 파티마가 똑같은 곳 위에서 몸을 쪼그렸다. 파티마가 일을 끝내면 스웨시가 조용히 그곳을 차지했다. 스웨시는 다리 세 개로 흔들거리며 생각이 딴 데 가 있는 듯 귀는 살짝 접고 눈은 반쯤 감은 무심한 태도로 몸을 숙였다. 일을 마친 세 마리 개는 사방을 바라볼 수 있는 탁 트인 언덕 꼭대기로 갔다. 그곳에서 나란히 엎드려 지나치는 광경을 보며 하루를 보냈다. 때로 저녁이면 사슴들이 숲에서 나와 뒤쪽의 들판 언저리에서 풀을 뜯기도 했지만, 개들은 좀처럼 흥미를 보이지 않았다. 엉덩이를 사슴 쪽으로 돌린 채로 다른 개들이 지나가지는 않는지 차분히 길을 지켜보았다. 가장 가까이 사는 개들이 8백 미터쯤 떨어진 곳에 있는 뉴햄프셔에서조차도 그들은 사냥 기회보다는 새로운 환경의 사회적 배경에 대해 더 많은 관심을 기울였다. 이제 개에 관한 긴 이야기는 예측할 수 있는 평화로운 결말에 이른 것처럼 보였다.

그런데 바로 그때 사건이 예상치 못한 방향으로 나아갔다. 들판에 나간 우리는 코요테 한 마리를 발견했다. 들쥐를 잡으러 나온 코요테는 나이 든 개들에게 별 관심이 없었지만, 사냥을 하기 전에 오랫동안 집 쪽을 바라보며 풀밭에 엎드려 있곤 했다. 시력이 흐려지고 약간 콧물을 흘리는 우리 개들은 누군가가 자기들을 지켜보고 있다는 것을 모르는 듯했다.

어느 날 우리는 들에서 풀을 깎고 있었다. 수많은 작은 생물들, 특히 여치들이 풀 베는 기계에 몸이 잘렸는데, 야생동물들도 그것을 알고 있는 듯했다. 늦은 오후 풀베기가 끝나자마자 코요테가 나타나 마치 풀을 뜯는 것처럼 머리를 숙인 채 천천히 움직였다. 죽은 동물들을 먹기 위해 온 것이었다. 그 즉시 개들은 짧아진 풀 위로 드러나 보이는 침입자를 알아챘다. 자신들의 안전에 대해서는 아랑곳하지 않고 세 마리 개가 들판으로 달려 내려갔다. 싸움이 벌어지게 되면 모두가 심각한 부상을 당할 수도 있다는 염려에 나는 돌아오라고 그들을 불렀다. 하지만 그들은 언제나처럼 순순히 따르지 않았다. 지금 하는 일이 중요하다고 느낄 때면 늘 그랬다. 그들은 계속 나아갔고, 그사이 코요테는 꼿꼿하게 우뚝 선 채로 개들이 다가오기를 기다렸다. 무시무시한 싸움이 벌어지리라는 예감에 나는 마구 달려갔다. 내 모습을 보고 코요테가 도망치리라 생각한 것이다. 하지만 놀랍게도 개들은 코요테로부터 10미터쯤 떨어진 곳에 멈춰 서더니, 새로 벌초한 풀밭 위에서 코요테가 먹고 있던 것을 조용히 먹기 시작했다. 코요테 역시 먹던 것을 다시 먹었다. 개들과 코요테는 서로를 알고 있었던 것이다.

가을이 되면서 나는 때로 스웨시와 코요테가 숲 언저리의 그늘 속을 걸어다니는 모습을 보았다. 코요테는 암컷이 분명했다. 겨울에는 눈 속에서 그들이 함께 다닌 자취일지도 모를 흔적을 발견했다. 여우들이 암내를 내는 달빛 환한 2월의 어느 날, 나는 숲속에서 울부짖는 코요테의 목소리를 들었다. 어쩌면 스웨시를 부르는 것일 수도 있다고 생각했다. 어쨌든 스웨시는 그렇게 생각한 것이 분명하다. 스웨시가 그 소리를 들었는지 알아보러 밖으로 나갔다가, 스웨시는 보이지 않고 개의 출입문이 흔들리는 것을 발견했으니까.

그리고 무슨 일이 일어났던가? 코요테의 모습을 다시 보지 못한 채로 봄이 왔다. 코요테의 흔적조차도 찾을 수 없었다. 그 사실 자체는 놀라울 게 없었다. 대개의 야생동물처럼 그 코요테는 흔적이 뭔지를 아는 것처럼 보였다. 우리는 그가 땅에 눈이 쌓여 있으면 사냥터를 길 서쪽에서 동쪽으로 옮기기 전에 눈이 더 내려 길 위에 남긴 흔적이 지워질 때까지 잠시 기다린다는 걸 알고 있었다. 하지만 그사이 다른 코요테들이 우리 들판을 들락거렸다. 때로는 그들의 정찰병이라고 할 수 있는 갈까마귀들과 함께 오기도 했다. 코요테의 세계에서는 우리 숲과 들판 주인이 아주 빈번하게 바뀌는 것처럼 보였다. 한데 스웨시의 코요테는 어디로 갔을까? 봄이면 대개 어른 암컷 코요테가 임신을 한다는 점을 고려하면, 그 코요테 또한 임신했을 게 틀림없었다. 그의 상대는 스웨시였을 것이다. 하지만 이것은 남편의 도움 없이 혼자서 새끼들을 길러야 한다는 어려운 과제를 안게 되었다는 의미였다. 개와 짝짓기를 한 암컷 코요테가 불가피하게 직면하게 되는 문제로, 이 경우 새끼들의 사망률이 아주 높다. 이 점은 역으로 코요테 집단이 상대적으로 혈통이 순수하게 유지되며, 코요테와 개 사이에서 나온 혼혈 개체의 수가 예상보다 적다는 것을 설명해준다.

어쩌면 그 코요테는 혼자서 새끼들을 돌봐야 하기에 모습이 드러날까 봐 더 조심했는지도 모른다. 물론 코요테들은 많은 사람이 자기들을 싫어한다는 것을 알고 있다. 실제로 언젠가는 이전에 우리 지역에서 수렵 구역 감독관을 지낸 사람이 그곳에 인접한 국립 야생동물 보호구역 내에서 굴을 파 코요테 한 마리와 새끼들을 죽였다고 자랑한 적도 있다. 그 사람은 자기가 법을 위반했다는 사실조차도 깨닫지 못했는데, 그에게 코요테는 전혀 보호할 가치가 없는 것이었다. 물론 우리는 그가 어떤 코요테를 죽였는지는 알 수 없었지만, 어쨌든 스웨시의 멋진 아내는 더는 보이지 않았다. 그럼에도 시간이 지남에 따라 우리는 밀렵으로 인해 비극적으로 살해된 코요테는 우리가 모르는 코요테이며, 스웨시의 아내는 살아남았을 뿐만 아니라 최소한 새끼 한 마리를 키우고 있다고 생각하게 되었다. 1년이 지났을 무렵 들판 가장자리 그림자 속에 모습을 드러낸 코요테들 가운데 스웨시처럼 털빛이 아주 엷고, 스웨시의 아버지 미샤처럼 한쪽 귀가 늘어진 멋진 어린 코요테 한 마리가 목격된 것이다. 우리는 그 코요테가 스웨시의 아들일 거라고 확신했다. 어느 날 갈까마귀 세 마리가 들녘에 내려앉아 오후 내내 뭔가를, 아마도 들쥐를 사냥하는 듯 종종거리고 다녔다. 그날 저녁 털빛이 엷은 코요테가 갈까마귀들이 있는 들녘에 나타났다. 어쩌면 그 코요테는 자기만의 정찰 무리를 두고 있으며, 뚜렷한 목적을 가지고 갈까마귀들과 섞이고 있었던 것일지도 몰랐다.

정말 그랬는지는 모르지만 적어도 우리는 그렇게 생각했다. 개들이 나이가 들면 우리는 연속성에 관해 즐겨 생각하곤 한다. 미래에는 누가 그들과 비슷해질까? 과거에는 또 누가 그들과 비슷했던가? 가령 이눅슉은 나이가 들어 털이 세면서 양 옆구리에 길고 어두운 줄무늬가 그림자처럼 나타났다. 이 줄무늬는 줄곧 그 자리에 있었을 테지만, 너무 희미한 나머지 그때까지는 멋진 털빛에 감춰져 있었다. 내가 아는 한 북반구에 사는 다른 어떤 개도 그런 줄무늬를 갖고 있지 않다. 그 줄무늬는 얼룩말 허리 아래쪽 줄무늬처럼 넓고 규칙적이며 대각선으로 나 있었는데, 얼룩말의 무늬가 가슴뼈에서 엉덩이까지 위쪽과 뒤쪽으로 대각선을 이루고 있는 반면, 이눅슉의 무늬는 아래쪽과 뒤쪽으로 기울어져 사타구니로 사라졌다. 사실, 나는 개가 그런 줄무늬를 가진 것을 딱 한 번 본 적이 있다. 호주의 야생 딩고였는데, 몸집이 우람한 그는 언덕 바위 뒤에 엎드려 아래쪽 메말라가는 석호 속에 있는 새끼 들소 몇 마리를 지켜보고 있었다. 검은 줄무늬가 그를 근사하게 위장시켜주었지만, 그렇다고 암소들이 알아보지 못할 정도는 아니었다. 새끼들을 염려한 암소들은 목을 길게 빼고서 의심스런 눈초리로 바위 너머를 지켜보았다. 나는 이눅슉의 줄무늬가 딩고 어머니를 통해 호주에서 온 것이라는 생각이 맘에 들었다. 어쨌든 대개의 딩고 들개들은 줄무늬 대신 호주 초원의 색인 붉은빛이 도는 금빛 털을 갖고 있긴 하지만, 이눅슉의 줄무늬는 허스키 아버지에게 물려받았다기보다는 어머니 쪽에서 물려받은 것으로 보였다. 동양의 들개들 또한 때로 줄무늬가 있는데, 심지어는 지금까지도 이따금 원양선의 승객으로, 혹은 밀항해서 호주로 건너간다. 비록 가능성이 희박하긴 하지만, 동양의 들개들도 이눅슉의 조상일 수 있다고 생각하는 것도 좋았다. 고대부터 개의 가계는 꾸준히 변형되어왔으며, 때로는 전 세계의 들녘 가장자리에서 이루어진 만남을 통해 그것이 이루어져왔다는 것을 새삼 일깨워주기 때문이다.

개가 원하는 것은 무엇일까? 그들은 서로를 원한다. 우리 모두 알다시피 개에게 인간은 개의 가치가 적용되어 개와 비슷하게 인식되는 존재일 뿐이다. 서로 어울리며 사는 개들은 인간과 어울려 사는 법만을 아는 몇몇 히스테릭한 개들과 달리 차분하고 현실적이며, 자신의 요구와 감정을 상대에게 알리거나 자신의 의견을 이해시키려 안달하지 않는다. 서로 어울려 사는 개들은 자신이 이해받고 있다는 사실을 안다. 이눅슉은 말년에 이르러 인간의 정체성에서부터 집 안에서 생활하는 기술에 이르기까지 인간에 대해 배운 거의 모든 것을 망각했지만, 스웨시와 파티마에 대한 책임을 자신의 의무로 여기며 그들과 평온한 삶을 살았다. 파티마 또한 배다른 오빠인 스웨시와 반은 자매이기도 한 이눅슉에 대한 의무감을 강하게 느꼈다. 당뇨병에 걸린 파티마를 어떻게 보살필 수 있을지 알아보기 위해 코넬 대학 수의학과에 데려갔을 때였다. 그곳에서 하룻밤을 보낸 파티마는 케이지에서 나와 곧바로 병원 문을 지나 자신을 가족에게로 데려다줄 차로 갔는데, 그사이 나나 다른 사람에게는 눈길조차 주지 않았다. 눈물겨운 상봉을 기대했던 수의사는 깜짝 놀랐다. 말년에 알츠하이머병에 걸린 스웨시는 인간이 존재했다는 사실조차도 잊어버렸다. 그는 숲속의 코요테와 들판의 들쥐, 그리고 자신의 누이들인 암컷 딩고들에 대해서는 알았지만, 우리가 누구인지뿐만 아니라 무엇인지조차도 잊은 듯 때로 당혹스런 표정으로 우리를 쳐다보곤 했다.

관절염으로 고통을 받던 스웨시는 어느 겨울 치사약물 주사로 생을 마감했다. 당시 그는 너무도 심한 고통을 겪고 있어 제대로 서지도 못할 정도였다. 나는 그를 우리 마을의 수의사에게 데려갔다. 스웨시의 죽음은 나무의 죽음만큼이나 평화로웠다. 금세 정신을 잃었고 눈을 감았다. 집으로 간 나는 다른 개들에게 스웨시의 목걸이를 보여주었다. 나는 차고에 딸린, 난방이 되지 않는 텅 빈 작업실에 그들과 함께 서 있었다. 목걸이를 조사하고 난 파티마와 이눅슉은 천천히 코를 나에게 대고는 내 손과 옷에 묻은 냄새를 조심스럽게 맡았다. 그러고는 뒤로 물러나 마치 뭔가를 골똘히 생각하는 듯, 마음속으로 뭔가를 받아들이는 듯 조용히 나를 바라보았다. 그저 서로를 바라보면서 불이 밝게 켜진 차가운 방 안에 함께 서 있는 사이 갑자기 냄새가 나기 시작했다. 사향 냄새와 비슷한, 코를 찌르는 듯한 개 냄새, 특히 젖은 개의 냄새였다. 암컷 딩고 두 마리 중

적어도 한 마리가 살갗을 통해 분비한 그 냄새는 차가운 수증기 구름처럼 솟아올랐고, 결국 방 안을 가득 채웠다. 그 전에는 비슷한 경험조차 하지 못했던 나는 무슨 일이 일어나는지 전혀 알 수가 없었다. 모르기는 지금도 마찬가지이다. 하지만 그 차가운 방 안, 숨 막힐 듯 압도되는 냄새의 구름 속에서 서로를 바라보며 서 있는 동안, 내 머릿속에 죽음과 냄새는 연결되어 있다는, 소멸이 아닌 기억으로 함께하는 것이라는, 최소한 개의 경우에는 그러리라는 생각이 떠올랐다. 소리가 그것을 만들어낸 자가 갈 수 없는 곳까지 가듯이 냄새는 그것을 만들어낸 자가 머물 수 없는 곳까지 달라붙는다. 냄새는 개에게 고유한 어떤 것이었다. 나는 그것을 이해한 척할 수가 없었다. 그럼에도 흥미로운 사실은 내 몸이 냄새에 반응했다는 것이다. 내 살갗에서 털이 곤두섰다.

몇 주 후 이눅슉도 마찬가지로 의식이 없는 상태에서 평화롭게, 마치 죽어가는 나무처럼 숨을 거뒀다. 그 뒤로 파티마는 혼자 살았다. 나는 죽은 반려인을 찾거나, 부르거나, 기다리는 개들을 본 적이 있지만 파티마는 그 어떤 것도 하지 않았다. 그는 스웨시와 이눅슉에게 무슨 일이 있었는지 알았다. 당뇨병이 악화되면서 움직임이 둔해졌지만, 그 점을 빼면 모든 것을 있는 그대로 받아들이는 것 같았다. 비록 인슐린 주사의 효과를 보려면 한 시간도 넘게 기다려야 했지만, 그러면 몸 상태가 좋아진다는 것까지도 알게 되었다. 어떻게 해서인지는 몰라도 파티마는 그 주사가 시간이 지나면서 자신을 편안하게 해준다는 사실을 알고 있었고, 주사 시간이 되면 때로 개들이 음식을 향해 다가가듯이 우리에게 오곤 했다. 기운이 쇠잔한 개가 그처럼 모호한 일을 어떻게 알았는지는 모르지만 파티마는 그렇게 했다.(파티마가 그렇게 행동했던 유일한 개는 아니었다. 적어도 우리 집에서 자란 다른 개 한 마리도 그랬다.)

그럼에도 나는 파티마가 자신의 삶이 끝났다는 것을 느꼈다고 믿는다. 어느 날 파티마는 숲속으로 들어가 사라져버렸다. 물론 우리는 파티마가 보고 싶었고, 우리 가족뿐만 아니라 다른 많은 사람과 개 세 마리도 함께 샅샅이 수색했다. 지방 경찰과 주 경찰, 동물보호단체, 그리고 우리가 아는 모든 수의사에게 전화를 돌렸고, 사람들이 모이는 곳마다 벽보를 붙였으며, 신문과 라디오를 통해 보상금을 주겠다고 알렸다. 하지만 소용이 없었다. 파티마는 다가오는 죽음을 느끼고 맞이하러 간 것이 틀림없었다. 몇 년에 걸쳐 계속 찾았지만 파티마가 남긴 아주 사소한 흔적도, 심지어는 목걸이나 뼛조각조차도 발견할 수 없었다.

출간 후 17년의 세월을 돌아보며*

이 책이 처음 출간되었을 때, 언론의 관심이 눈보라처럼 쏟아졌다. 한 인터뷰어가 개들도 죽어서 천국에 갈 거라 생각하느냐고 내게 물었다. 나의 답변은 더할 나위 없이 명확했다. 물론 그들도 천국에 간다. 아니, 이렇게 말하는 편이 더 낫다. 우리가 천국에 간다면, 그들도 간다. 만약 그들이 가지 못하는 곳이라면, 그곳은 천국이 아닐 것이다. 성 베드로가 개로 구성된

*이 글은 초판이 발간된 후 17년이 지난 시점에서 저자가 새롭게 작성해 덧붙인 것이다.

위원회를 두고 인간 후보자를 평가할지도 모른다. 우리는 입양된 동물들에게 충실했는가? 과연 우리는 그들이 우리를 성심껏 보살핀 만큼 최선을 다해 그들을 돌보았는가? 하루하루 살아가면서, 천국의 문 입장을 지원할 때 개 위원회와 어떻게 마주해야 할지 생각해두는 게 좋을 것이다.

천국과 관련된 질문이 제기되었을 때, 머릿속에 유명한 이야기가 하나 떠올랐다. 누구나 다른 사람들에게 이메일로 전달해본 적이 있고, 인터넷 전체에 걸쳐 수천 개의 웹사이트마다 서로 다른 온갖 버전으로 떠도는 이야기. 천국으로 갈 수 없을지라도 자신의 개와 꼭 붙어 있기를 원하는 한 남자의 이야기다. 남자와 그의 개가 저승길을 따라 걷는다. 이윽고 목이 마른 와중에 '천국'이라고 쓰인 표지가 붙은 화려한 문과 마주친다. 남자는 환영받는다. 그러나 그가 물을 달라고 요청하자, 당신은 들어와서 물을 마실 수 있지만 저 개는 들어올 수 없다는 답이 돌아온다. 천국에 입장할 수 있는 마지막 기회라는 말을 듣고도, 남자는 개를 떠나라는 말에 사양하고는 문으로 들어가지 않는다. 그 대신 남자와 개는 계속 걷는 길을 선택하고, 어느새 전혀 화려하지 않은 다른 문과 맞닥뜨린다. 문 안쪽에 사람을 위한 식수대와 개를 위한 물그릇이 놓여 있다. 이번에는 개도 환영받는 것이 분명하다. 이 두 번째 문이 다름 아닌 진짜 천국의 문으로 밝혀진다. 첫 번째 문은 지옥의 문이었다. 남자는 '천국' 표지판으로 사람들을 속인 현란하게 장식된 지옥의 문에 대해 어떻게 생각하는지 천국에 온 사람들에게 묻는다. 그들은 그 속임수를 긍정적으로 생각한다고 말한다. 그 문은 개를 버린 사람들을 거르는 곳이었던 셈이다.

나는 감상적인 이야기를 별로 좋아하지 않는다. 그러나 이 일화는 분명 감상적이긴 하지만 그게 다가 아니다. 이 일화에는 도입부가 있다. 이야기의 막이 오르고, 남자는 자신이 죽어서 지금 막 저승에 왔다는 사실을 깨닫는다. 그때 이미 오래전 숨을 거둔 그의 개가 곁에서 자신과 함께 걷고 있는 것을 알아차린다. 이 장면에 이르면 무언가 마음속 깊이 사무치는 것이 느껴진다. 대부분 슬픔을 느끼지 않고서는 이 장면을 그려볼 수 없을 것이다. 난 그럴 수 없다. 나의 개 열일곱 마리는 지금 하늘에 있다. 그중에는 내가 열 살 때 죽은 브루스가 있고, 이 책에 나온 개들도 있다. 더 최근에는 내가 70대일 무렵 세상을 떠난 펄이 있는데, 이름을 쓰진 않았지만 이 책에 등장한다. 수영을 할지 일행을 뒤따를지 저울질했던, 머리말에 등장한 개가 바로 펄이다. 나는 이따금 이 개들에 관한 생각에 푹 잠긴다. 어느 때에는 이 아이를, 또 어느 때에는 저 아이를, 특히 펄을 자주 떠올린다. 내 마음속 눈은 보스턴 자메이카 플레인 소재의 매사추세츠 동물학대방지협회 에인절 동물의료센터 침대에 누워 난치성 암 때문에 치사약물 주사를 맞고 있는 펄로 향한다.

이 모든 개가 내 마음속에 살고 있다. 마지막으로 보았을 때와 똑같이 여전히 소중하다. 나는 그들이 남긴 유골을 보관하고 있고, 나중에 나의 것과 섞을 것이다. 그러나 만약 이 개들이 나를 기다릴 수 있는 저승이 정말 있다면 어떨까? 나는 무척 기쁠 것이고, 바라건대 그들 또한 그럴 것이다. 하지만 지금 당장은, 내게 전통적인 신앙이 없는 탓에 이별이 영원해 보인다. 브루스가 죽었을 때, 당시 겨우 열 살이었던 나는 그렇게 느꼈다. 몇 주 동안 슬퍼했고, 그만 울라는 말을 들을 때까지 그치지 않았다. 길 건너편에 사는 한 여자가 남편을 잃었는데, 상실의 슬픔을 나보다 더 잘 견뎌내고 있다고 했다. 그의 남편은 하버드 대학 교수로, 브루스보다 중요한 존재로 여겨졌다. 가족은 내 울음에 치를 떨었다. 뭐, 68년 전의 이야기다. 나는 전과 같이 브루스를 마음속에서 그려볼 수 있다. 여전히 그를 사랑하고, 아직도 그가 그립다.

이 작자 불명의 인터넷 일화는 무엇이 우리의 덕목인지 상기시켜준다. 만약 개가 우리에게 충실한 정도의 반만이라도 우리가 개를 아낀다면, 아마도 두 번째 문이 나타날 것이다. 또

이 이야기는 개가 반려인과 형성하는 유대의 중요성에 대한 메타포이며, 이 책에서 빠진 것이 무엇인지 일러준다. 이 책은 개 자체에 대한 책으로, 그들이 늑대였을 때부터 유지해온 행동과 욕구를 다룬다. 달리 말해, 개들이 우리에게 어떤 존재인지가 아니라 개들 서로가 서로에게 어떤 존재인지를 살펴보는 책이다. 절친 한 명이 내 견해에 강경히 반대하고 나선 적이 있다. 그는 주로 이렇게 물었다. 나의 개가 나 말고 다른 개와 함께 살아야 한다는 뜻이야? 물론 확실히는 몰랐지만, 무언가 중요한 것이 내 책에서 빠져 있다는 사실을 깨달았다. 나는 정말로 그의 개가 우주의 그 어떤 다른 존재보다 그와 함께하길 원한다고 생각한다. 자, 이제부터 우리가 개들에게 그리고 그들이 우리에게 어떤 존재인지에 대해 말해볼까 한다. 그 모든 약속을 마다하고 첫 번째 문 입장을 사양한 뒤, 개가 마실 수 있도록 땅 위에 물그릇이 놓인 두 번째 문을 찾아 헤맬 사람들에게 개가 어떤 존재인지 말해보려 한다. 이러한 사람들은 무척 심오한 방식으로 개와 유대를 맺을 수 있다.

우리가 그러한 유대를 필요로 하는 데는, 그리고 그런 유대 형성 능력을 갖게 되는 데는 여러 가지 이유가 있다. 개를 다루는 책이기 때문에 논의가 개에 한정되긴 하지만, 고양이나 흰

쥐나 앵무새같이 유대를 형성할 수 있는 동물을 사랑하는 모든 이들이 알고 있는 것처럼, 우리가 그들과 맺는 관계 또한 마찬가지로 강력할 수 있다. 우리와 관계를 형성하는 동물들이 우리 자신과 매우 다르다는 점을 생각해본다면—우리는 개, 고양이와는 7천만 년 동안, 새와는 1억 5천만 년 동안 공통 조상을 공유하지 않았다—과연 무엇이 이러한 결속을 이룰 능력을 가져다주는 것일까?

아마도 우리가 서로 다르다는 사실 자체일 것이다. 인간을 포함해서 어떤 종이든 행동 규칙은 대부분 각 종에 국한되어 적용된다. 우리 인간의 레이더는 인간의 신호를 감지하며, 개의 레이더는 개의 신호를 감지한다. 바로 이것이 사람이 잘못된 행동을 저질러도 개들이 불평 없이 사람을 바라보고 있을 수 있는 이유이며, 개가 다른 개들이 적절치 못하다고 판단하는 행동을 저질렀을 때 사람이 그것을 지적하지 않는 이유이다. 개가 인간의 레이더에 걸리지 않는 것처럼, 인간 또한 그들의 레이더에 잡히지 않는다. 이런 식으로 사람과 개는 서로 자극하거나 판단하지 않고 함께할 수 있다. 우리는 자유로이 전적으로 우리 자신으로 있을 수 있으면서도 여전히 높은 수준의 교제를 이어간다.

이제 와 생각해보니, 개 위원회는 성 베드로에게 결국 별 도움을 주지 못할 것 같다. 위원회 앞에 다가서면서 우리는 그 전체 모습이 주는 위압감에 주눅 들겠지만, 그것도 잠시, 안면을 트고 어쩌면 간식을 한두 개 받아먹고는 우리가 최악의 범죄를 저질렀을지라도 모두의 천국 입장을 승인해줄 것이니 말이다.

아마도 개들은 적어도 엄밀한 의미에서는 사람을 판단하지 않을 것이다. 그러나 그들 서로를 향해서는 판단을 서슴지 않는다. 개는 다른 개와 함께 있을 때 상황을 주시할 필요를 느낄지도 모른다. 정신을 바짝 차리고, 다른 개들과 비교했을 때 자신의 지위를 어느 정도로 인식하는지에 따라 겸손이나 자신감을 보이고, 다른 개들이 무엇을 하고 있는지 주의 깊게 살펴볼 필요를 느낄 것이다. 반면 반려인과 함께 홀로 있는 개는 긴장을 풀고, 아무것도 따져볼 필요가 없다는 확신 속에서 몸을 웅크려 잠을 청할지도 모른다. 그리고 그곳엔 밥그릇이 있다. 나는 어른이 된 뒤부터 늘 두 마리 이상의 개와 함께 살았는데, 따라서 밥그릇이 몹시 중요했다. 난 어떤 개의 밥그릇이든 가서 치워버릴 수 있고, 개는 이에 저항하지 않는다. 우리 집 고양이들은 개의 밥그릇에 담긴 음식을 맛볼 수 있고, 개는 당황한 채로 그 장면을 바라만 볼 뿐이다. 반면 다른 개가 밥그릇에 다가간다면 이야기는 완전히 달라진다. 귀는 쫑긋, 털은 빳빳이 선다. 접근한 개가 지위가 높은 녀석이라면, 밥그릇 주인은 한발 물러나긴 하겠지만 그 개를 원망할 것이다. 고양이나 내가 개에게서 음식을 빼앗을 수 있는 이유는 우리가 밥을 모두 먹어치우고 그릇까지 핥아 먹을 리 없어서가 아니다. 바로 우리가 개가 아니기 때문이다.(그렇지만 대체로 개가 식사 중일 때 밥그릇에 접근하는 건 무모한 짓이다. 집에서 시도해보지 않길 바란다.)

인간의 처지에서 비슷한 상황을 생각해보자면, 옷을 입거나 샤워를 하는 것과 같은 사적인 행위를 떠올릴 수 있다. 우리는 개가 곁에 있어도 진짜 혼자 있을 때와 정확히 똑같은 방식으로 그러한 일들을 한다. 심지어 의식조차 하지 않으며, 부끄러움을 느끼거나 한 치도 망설이지 않는다. 과감히 단언하건대, 대다수는 사적인 상황에 함께 있을 때 이만큼이나 편안함을 느끼게 해주는 사람을 두세 명도 찾기 힘들 것이다. 극도로 은밀함을 요구하는 상황은 말할 것도 없다.

전화벨이 울리는 장면을 떠올려보라. 수화기를 들자 누군가가 말한다. 제가 방해했나요? 당신이 대답한다. 아뇨, 그냥 혼자 있어요. 하지만 혼자일 리가 만무하다. 당신의 개가 당신을 똑바로 쳐다보며 통화가 어떤 사건으로 이어질지 주시하고 있으니까. 때로는 혼자 있고 싶은 마음에 산책을 할 것이다. 과연 이때는 혼자일까? 당신의 개가 뒤에서 졸졸 따라오거나, 당신을 대신해 지형을 정찰하면서 저쪽에 앞서가고 있진 않은가? 외롭다고 느낄 수도 있지만, 다른 사람의 방해에서 벗어나 개의 곁에서 행복함을 느끼는 기분 좋은 고독감이다. 나는 혼잣말을 거의 하지 않지만, 차에 동승한 사람이 아무도 없더라도 개와 함께 있다면 운전하면서 내 생각을 주절거릴 수 있다. 사람들은 내가 혼자 입을 움직이며 운전하는 모습을 보고는 자제력을 잃은 거라고 판단하겠지만, 그건 개가 조수석에 누워 나한테 주의를 기울이고 있는 상황을 모르고서 하는 생각이다. 나는 혼자이지만, 결코 혼자가 아니다. 마치 개와 내가 한 몸을 이루고 있는 것처럼 말이다.

이렇게 '한 몸'을 이룬다는 사실이 아마도 가장 중요한 점일 것이다. 많은 사람이 개라면 다 사랑한다. 어떤 개든 간에 말이다. 하지만 당연하게도 대부분은 자신의 개와 가장 깊은 관계를 맺는다. 예를 들어, 자신의 개와 다른 사람의 개에게 느끼는 감정을 서로 비교해보자. 우리는 다른 사람의 개도 좋아하긴 하지만, 깊이 알지는 못한다. 그렇게 할 수도 없다. 그들은 그냥 개일 뿐이다. 멋진 개이긴 하지만, 그래도 개다. 반면 우리 자신의 개는 다른 어떤 것도 범접할 수 없는 방식으로 우리의 일부가 된다. 언젠가 내 절친은 반려견이 자기에게, 혹은 자기가 반려견에게 수혈까지 해줄 수 있을 거라고 장담했다. 나도 내 개들에 대해서는 마찬가지의 감정을 느낄 수 있지만, 다른 사람의 개에게 수혈을 받지는 못할 것 같다. 그 개와의 관계가 깊지 않아서 아무리 생각해도 그러한 장면이 떠오르지 않는다.

한 몸을 이룬 사람과 개는 공생관계로도 표현할 수 있겠다. 마치 소라게와 말미잘처럼, 상호 이익을 위해 상시로 딱 붙어서 상부상조하며 서로에게 중요한 존재가 된다. 천국의 문 이야기에 등장하는 남자를 자신과 동일시하는 사람은 그의 개와 영원히 함께하고 싶을 것이다. 일정 기간 집이나 개집에 둘지도 모르지만, 서로 떨어져 있는 사이에 그 개를 걱정하면 걱정했지 절대로 감사함을 느끼거나 안도하지는 않을 것이다. 성품이 어진 사람이 주로 다른 사람들에게 그렇게 느끼는 것처럼 말이다. 만약 반려견들이 자기 뜻대로 행동할 수 있다면 언제나 우리와 함께할 것이다. 제 모험을 위해 어디론가 떠날 때를 제외하면 늘 우리 곁을 지킬 것이다. 그 모험은 개에게 이탈이 아니라 정찰이며, 늑대일 적부터 이어져 온 본능적인 행동일 뿐이다. 더군다나 개들은 우리 마음속으로 들어와 마치 몸속에 있는 듯 생각을 읽거나 행동을 예견하는 것 같기도 하다. 이는 물론 그들이 목소리와 태도의 미묘한 변화를 감지할 수 있는 예리한 관찰자이기 때문이다. 심지어 정신적으로 연결되어 있다는 보고도 전해지는데, 이에 따르면 개는 사람이 곁에 있지 않아도 그 사람에게 무슨 일이 일어나고 있는지 아는 것처럼 보인다. 책에서 언급했듯이, 나도 간혹가다 그러한 연결을 경험한 적이 있다. 이 현상이 발생하는 동안 정확히 무슨 일이 일어나는지는 잘 모르겠지만, 적어도 정신적인 사건인 것 같긴 하다. 내가 말할 수 있는 것은, 어떻게 설명하든 간에 개와 사람이 공유하는 일체감에 의해 발생하는 현상이라는 점이다.

이 일체감은 반려견이 당신보다 먼저 숨을 거둘 때 가장 비극적으로 드러난다. 개의 수명이 너무 짧기에 흔히 일어나는 일이다. 죽음이 선고되면 무언가 분명해지는 것들이 있다. 예컨대 당신과 개와의 관계는 어떤 문화적 중요성도 지니지 못한다. 우리에게는 다른 사람들을 지칭하는 온갖 종류의 단어가 있다. 친구, 동료, 고용인, 교사, 부모, 사촌, 형제, 자매 등. 이 단어들은 각각 우리가 그 사람과 맺는 관계를 규정한다. 그러나 개를 위한 단어는 항상 '개'다. 이렇게 빈약하게 규정된 누군가가 사망한 경우에는 죽음이 공식적으로 통보되지 않을

뿐더러 공인된 장례식이나 애도 기간도 없다. 당신의 상실감이 얼마나 큰지와는 상관없이, 며칠 휴가를 낼 수도 없고 조문 편지나 꽃조차 받지 못할지도 모른다. 무언가 받는다고 해도, 그건 당신의 기운을 북돋우기 위해, 혹은 다른 사람들이 마음 쓰고 있다는 것을 보여주기 위해 당신에게 주는 선물이다. 애도는 당신만의 몫이다.

따라서 당신의 개는 소라게에 붙어 있는 말미잘 이상의 존재가 될 수 있다고 나는 생각한다. 개는 단지 우리와 함께 있는 것만으로도 신체 부위나 다름없다. 만약 신체가 절단된다면 그로 인한 상실감은 삶을 뒤바꿀 정도로 막대할 것이다. 물론 장례식은 없다. 잘린 부위는 어떻게든 처분된다. 심지어 그것에 무슨 일이 벌어졌는지조차 모를 수도 있다. 가족과 친구는 상실감에 공감하며 당신을 무척 동정하겠지만, 신체 부위 자체에 대해서는 아무것도 느끼지 못할 것이다. 신체는 당신에게서 떨어져 나간 뒤로 모든 중요성을 잃는다. 우리 대부분에게 개를 상실한 경험은 이와 같을 것이다. 이 내밀하고도 몹시 개인적인 상실감은 우리 자신만의 것이다. 다른 이들에게는 가닿지 않는 슬픔이다.

이 슬픔을 어루만질 제도가 전무하기에, 개를 잃은 사람들은 대개 그저 기운을 차린 뒤에 자신의 삶을 살아갈 뿐이다. 물론 평온한 시간을 보낸다는 것은 아니다. 별다른 선택의 여지가 없다는 뜻이다. 반려인을 잃은 개도 마찬가지다. 상실의 후유증은 개에게도 버텨내기 쉽지 않은 일이다. 이런 경우 개는 안락사되거나 다른 사람 집으로 입양된다. 때로는 지역 동물보호단체의 보호소로 보내지는데, 안락사를 허용하지 않는 곳이라면 개들이 최대한 적응할 수 있는 입양처를 찾아주기도 한다. 이 책에 나온 마리아가 바로 적응한 개의 사례다. 미샤를 잃은 뒤로—그가 죽은 것은 아니었지만—마리아는 몹시 슬퍼하면서도 삶을 이어갔다. 비슷한 상황에 처한 우리가 그러하듯 말이다.

모든 개가 적응할 수 있는 것은 아니다. 나의 어머니가 돌아가셨을 때, 반려견 미스티—원래 나의 반려견이었지만 어머니가 나와 함께 살게 되자 어머니를 자신의 반려인으로 받아들였다—는 끝내 적응하지 못했다. 물론 늘 우리와 함께 살았고 그 이후에도 계속 그랬던 터라 미스티가 다른 곳으로 보내진 것은 아니지만, 상황은 전과 같지 않았다. 어머니가 돌아가신 순간 같은 방에 있었고 장례식까지 참석했지만, 미스티는 어머니가 어디로 갔는지 이해하지 못했다. 장례식장에서 관 속에 누워 있는 어머니를 보았고, 무덤 한편에서 관이 땅속으로 들어가는 것을 보았음에도 말이다. 처음부터 불안해하며 자기 자신을 의심하는 듯하다가, 아무리 찾아본들 어머니를 찾을 수 없다는 사실을 깨달으면서 증세가 갈수록 더 심해졌다. 무엇을 해야 할지 전혀 모른 채, 여기저기서 머뭇거리고 모든 것에 흠칫하며 놀라곤 했다. 어머니 곁에서 웅크려 잠들었던 소파에 똑바로 앉아 중심을 잡으려고 애쓰면서 거의 모든 시간을 보냈다. 늘 정확히 같은 위치에 앉아 있다가, 신경 쓰이는 생각이 떠오른 듯 한쪽 입꼬리로만 웃는 일그러진 표정을 하고는 어김없이 같은 방법으로, 같은 방향에서 소파로 다가갔다. 소파는 어머니 방에 있었고 나머지 가족 구성원들은 다른 방에서 생활했기 때문에 미스티는 그곳에 홀로 머물렀다. 미스티는 혼자 있는 것을 싫어했지만, 소파를 떠나 우리와 함께하기를 두려워하는 것처럼 보였다.

그런 점은 이 책에 나온 바이올렛과 비슷했다. 빙고를 잃은 슬픔 때문에, 그를 마지막으로 본 장소에서 좀처럼 벗어나지 않았던 개 말이다. 나의 반려견들 가운데 걷잡을 수 없는 상심을 겪은 개는 이 두 마리뿐이다. 바이올렛은 미스티가 태어나기 전에 사망했다. 그들은 서로의 존재를 알지 못했다. 그럼에도 둘 다 지위가 낮은 불안정한 개였고, 그들이 선택한 동반자의 존재에 상당히 의지하는 것처럼 보였다.

미스티를 도우려 한 사람이 아무도 없었느냐고? 물론 돕고 싶었다. 하지만 우리는 적합한 사람이 아니었다. 누군가 껴안거나 쓰다듬으려고 하면, 미스티는 화들짝 놀라며 머리를 다소 거칠게 비틀어서 빠져나갔다. 간단히 말해, 반려인을 잃은 미스티와 우리 사이의 관계는 사랑하는 개를 상실한 사람과 나머지 사람들 사이의 관계와 같았다. 우리는 어떤 방식으로든 미스티에게 도움이 되는 관계를 형성하지 못했다. 그건 불가능했다. 어머니와의 유대가 너무도 깊고 개인적이었기 때문이다. 우리는 최선을 다했지만, 유효하지도 충분치도 않았다. 그리 길지 않은 남은 일생 동안 미스티는 바이올렛과 마찬가지로 결코 평온을 되찾지 못한 듯했다.

서로 다른 종에 속한다는 사실이 유대가 형성되는 이유 중 하나라면, 왜 우리는 그들이 필요하다고 느낄까? 성공적으로 유대 관계를 맺는 동물은 거의 모두 사회적 종에 속하고, 그들 가운데 다수가 우리와 마찬가지로 종을 넘어서 유대를 형성한다. 코끼리와 개, 코끼리와 염소, 개와 고양이, 고양이와 토끼, 개와 앵무새 등, 목록은 계속 이어진다. 늘 그런 것은 아니지만 그들은 대체로 같은 종과 함께할 수 없을 때 그렇게 한다. 하지만 흥미로운 점은 그들이 누군가와 유대를 맺을 필요를 느끼며, 적절한 대상과 유대를 형성한다는 사실 자체다.

모든 종 가운데 개와 그 조상인 늑대가 아마도 가장 사회적인 종일 것이다. 그들은 무리 지어 생활할 뿐 아니라 집단 속에서 태어난다. 심지어 자궁에서까지 서로 가까이 자리한다. 배핀섬의 늑대와 마찬가지로 모든 늑대가 되도록 무리 지어 살려고 한다. 영역을 차지하고, 큰 짐승을 사냥하고, 어린 자식을 기르고, 천적에 맞서 자기 자신을 지키면서 말이다. 무리 구성원들이 제각기 멀리 떨어져 있을 때면—예컨대 각자 사냥하고 있을 때면—대개 서로를 부르며 연락을 유지한다. 혼자뿐인 늑대는 무척 난처한 상황에 처할 것이다. 늑대 무리처럼 몸집이 큰 동물을 사냥할 수도 없고, 천적이 오는지 망봐줄 동료도 없이 홀로 잠들어야 한다. 또—의인화하는 것처럼 보일지 모르지만, 그렇지 않다—서로 긴밀히 연결된 늑대나 개들처럼 수상한 사건이 발생했을 때 눈빛이나 음성 신호를 주고받으며 생각을 나눌 수도 없다. 나와 과학자들이 배핀섬의 늑대가 거주하는 굴에 도착했을 때처럼 말이다.

늑대 무리는 대체로 규모가 아주 작다. 여섯에서 열두 마리 정도에 그칠 것이다. 구성원들은 대부분 무리를 하나의 단위로 여기며, 다른 무리와 엄밀히 구분한다. 새로 나타난 늑대들이 그들을 내쫓을지도 모르므로, 실제로 다른 늑대 무리의 등장은 큰 위협이다. 개는 사실상 늑대의 일종이라 할 수 있을 정도로 늑대와 유전적으로 매우 가까운데, 이것이 바로 개가 낯선 사람을 거부하는 이유다. 우리 개들은 우리에게 속한 게 아니면 모두 내쫓으려 애쓴다. 길에서 자전거를 타거나 조깅하는 사람, 들판에 있는 사슴과 야생 칠면조, 차도를 지나다니는 차, 전부 말이다. 이곳이 우리 구역이며 다른 사람들은 침입자라는 개들의 믿음은 확고하다. 구성원 둘로 이루어진 집단—개 한 마리와 사람 한 명—은 개에게 만족스러운 규모다. 더 큰 규모의 집단 또한 받아들여질 수 있지만, 이웃집 사람이나 집 앞 보도로 들어오는 배달원은 분명 제외될 것이다.

사람과 개는 둘 다 무척이나 사회적인 종이다. 사람과 개는 함께할 때마다 친목이 주는 평온함을 얻는다. 그러나 사회성을 가진 종들은 가혹한 대우, 추방, 유기 등을 포함하는 오래된 '지위의 규칙'을 따른다. 잠깐 바이올렛과 미스티에 관한 이야기로 돌아가보자. 미스티는 나의 어머니가 돌아가셨을 무렵 우리 집에 있던 네 마리 개 가운데 하나였고, 바이올렛은 빙고를 잃었을 때 여섯 마리 개 중 하나였다. 다른 개들의 관점에서 보면 둘 다 지위가 낮은 개였는데, 이는 그들이 아직 늑대였다면 집단에 대한 결속력이 그리 강하지 않았으리라는 뜻이다. 고대에 인류가 대륙을 횡단하던 와중에 뒤처질 수밖에 없었던 인간 낙오자들처럼, 이 두 마리 개는 자신들이 직면한 위험을 알고 있었다. 그러나 그들은 더 강력한 권력을 쥔 누군가와 어떻게든 인연을 맺는 데 성공했다. 미스티는 나의 어머니와, 바이올렛은 빙고와 접촉했다. 둘 다 동반자의 상실에 슬퍼했음은 물론이고, 나무랄 데 없는 관계가 주는 안전함을 누리다 모든 것을 잃고 말았다. 그들은 심각한 불안 속에서 사그라졌다. 사회적 동물이라는 것이 무엇을 뜻하는지, 혹은 집단이 얼마나 중요한지에 대한 이보다 분명한 사례를 나는 떠올릴 수가 없다.

잠을 청하려고 침대로 갈 때를 머릿속에 그려보라. 반려견이 당신 옆자리로 뛰어오른다. 개들은 함께 누울 때면 주로 서로 기댄다. 당신의 몸이 주는 안락함을 느끼기 위해 개는 당신에게 기댈 것이다. 당신도 편안한 건 마찬가지다. 개는 처음에는 당신 얼굴 가까이에 머리를 두고 누웠다가, 한밤중에는 다른 쪽을 향해 돌아누울 것이다. 왜일까? 만약 둘 다 같은 방향을 바라보고 있다면 뒤쪽에서 무언가가 살그머니 접근할 수도 있기 때문이다. 따라서 무리 지어 사는 사회적 동물들은 대부분 서로 다른 쪽으로 얼굴을 향한 채 휴식을 취한다. 개는 자기 자신과 반려인을 보호하기 위해 제구실을 톡톡히 해내고 있는 것이다.

반려견의 그러한 관심사는 당신과 맺는 풍부한 관계의 일부분일 뿐이다. 개와 당신은 개가 살아 있는 동안 매일같이 서로에게 도움을 받는다. 개가 당신에게 무언가를 얻는 것처럼, 당신 또한 개에게 무언가를 얻는다. 당신은 개에게 음식과 거처를 제공하는 한편, 개는 외부인과 낯선 사람에게서 당신을 지킨다. 만약 개가 당신 곁에서 잠을 청한다면, 당신과 개 둘 다 안전한 상태로 잠드는 셈이다. 이 책, 특히 이 후기는 이렇게 개와 한 몸을 이룬 사람들을 위해 쓴 것이다. 그들은 금으로 만든 문에 천국의 문이라는 표시가 있을지라도 개가 들어갈 수 없다면 통과하지 않을 것이다. 이 점에서 그들은 개만큼이나 존경받을 만하다. 개들은 집단이 중요하다는 강렬한 감수성을 갖고 있기에 고의로 반려인을 버리지 않기 때문이다.

반려견과의 유대를 항상 찬미할 수만은 없다. 다름 아닌 죽음이라는 비극이 그 유대를 강제로 끊어놓기 때문이다. 개 한 마리를 안락사시킨 적이 있다. 내가 입양한 지 얼마 되지 않아 사람 여섯 명을 물고, 유아차에 탄 아기와 몸집이 작은 아이들을 향해 위험할 정도로 공격성을 내보였던 개였다. 그 개를 보호하던 지역 동물보호단체의 권유로 데려왔는데, 그곳에서는 사람에게 매우 우호적이고 유별나게 똑 부러진 개로 높이 평가받고 있었다. 보호소 우리 안에서 지내던 시기에 한 사람을 문 적이 있는데, 개물림 사고를 낸 개는 통상 반려동물로 입양될 수 없기에 사형 선고나 다름없는 일이었다. 보호소 직원들은 그가 어느 정도까지 공격성을 보일 수 있는지 알지 못했다. 그는 두 차례에 걸쳐 입양된 경험이 있었다. 처음으로 입양한 이는 그를 길거리에 유기했고, 그다음 사람은 다시 보호소로 돌려보냈지만 개물림에 대한 조사에도 별다른 언질이 없었다. 보호소에서 일어난 사고도 그저 우연이라고 여겨졌던 것 같다. 너무나도 특출난 개였기 때문에 보호소 직원들은 그를 구하고 싶어 했다. 그들은 내가 개와 함께 산 적이 있으며, 같은 견종을 키워보았고, 다른 문제견을 성공적으로 돌본 경험이 있다는 사실을 알고 있었다. 그래서 그에게 어떤 도움을 줄 수 있는지 살펴봐달라고 요청했던 것이다.

운이 좋지 않았다. 공격하는 일은 드물었지만, 예측할 수 없었고 늘 예고 없이 사고가 발생했다. 사람들이 오가는 동안 마치 아무 문제가 없다는 듯 상냥하고 편안한 상태였다가 돌연 누군가에게 달려들어 콱! 하고 물곤 했다. 총에서 발사된 탄환만큼이나 멈추기가 힘들었다. 나는 매사추세츠 월폴 소재 터프츠 동물병원 소속의 저명한 행동교정 전문 수의사에게 그를 데리고 갔다. 30분 정도 지났을까, 수의사는 이러한 종류의 공격성은 완화되지 않을뿐더러 훈련으로도 교정할 수 없다고 말했다. 강력한 진정제를 끊임없이 투여하는 것이 의사가 제안한 유일한 해결책이었다.

나는 보호소에서 서류에 서명함으로써 그 개를 다른 사람에게 입양시키지 않겠다고 약속했다. 그러나 도저히 관리할 수가 없어서 다시 데려온다면, 더 이상 입양 제안을 하지 못하므로 안락사시킬 수밖에 없다는 것이 보호소의 입장이었다. 따라서 남은 생애 동안 그를 멍하니 있게 하거나, 아예 숨을 멈추게 해야 했다.

나의 선택은 후자였다. 안락사는 내가 알고 지내던 훌륭한 수의사의 진료실에서 진행되었다. 녀석도 누군지 알고 잘 따르는 사람이었다. 나는 그를 다시 보호소에 데려갈 수 없었다. 보호소로 가는 게 무슨 의미인지, 그는 알았을 것이다. 철렁하고 가슴이 내려앉았을 터다. 그의 마지막이 버림받은 경험과 실망감으로 점철되지 않기를 바랐다. 다 잘 될 거라는 인상을 주기 위해 수의사와 유쾌하게 담소를 나누는 동안 그는 침착하고 만족스러워 보였다. 그는 주사를 맞고 점차 영원한 안식에 빠져들었고, 한 번 더 주사된 약물에 트라우마 없이 영면했다. 그럼에도 이 선택은 이후로도 나를 끊임없이 괴롭혔다.

그 개는 무척 총명했다. 몹시도 철두철미했다. 동물보호단체로 그를 보러 갔을 때, 나는 그에게 줄을 채운 뒤 함께 산책을 나섰다. 우리는 자동차가 30대가량 있는 주차장을 지나고 있었다. 그런데 내 차 옆을 지날 때 그가 별안간 멈추더니 차를 쳐다보고는 나를 올려다보는 것이 아닌가. 이거 네 차 아니야? 그냥 가는 거야?

내 차인 줄 어떻게 알았을까? 아마도 자동차와 내가 똑같은 특유의 냄새를 풍겼을 것이다. 하지만 그 동기가 무엇이었든, 그는 곧바로 알아차렸다. 요것 봐라. 나는 그길로 그를 데려오기로 결심했다.

녀석은 자신이 행운을 누리리라곤 생각지도 못했을 것이다. 그는 우리 주변의 모든 것에 만족스러워했다. 다른 반려견들을 반겼고, 음식을 즐겼으며, 집을 마음에 들어 했고, 사람들에게 상냥했다. 무엇보다 들판에 나가 산책하는 시간을 좋아했다. 길게 자란 풀을 헤치며 다른 개들을 뒤로 한 채 흥겹게 돌아다니곤 했다. 큰 원을 그리며 뛰어다니다가, 이따금 자신의 위치를 확인하기 위해 풀 위로 껑충껑충 뛰어올랐다. 즐거워 보였다. 나는 도저히 마음 편히 그와 이별할 수 없었다.

간혹가다 모르는 여성이 울면서 건 전화를 받곤 한다. 새로 생긴 남편이나 남자친구가 싫어한다는 이유로 개를 버리라는 압박을 받는 여성들이었다. 나의 조언은 언제나 한결같다. 그 인간을 차버리고 개와 함께 사세요. 아무도 그런 요구를 해선 안 되니까요.

만약 당신이 그러한 남편이나 남자친구에 해당한다면, '천국'이라 새겨진 첫 번째 문 앞에서 개를 버릴 작정이라면, 일종의 사교적 즐거움을 누릴 기회를 내팽개치는 셈이다. 아마도 당신은 천국의 문 이야기가 주는 시사점을 파악하지도 못했을 것이다. 당신에게 개는 그저 아무 때나 내다 버릴 수 있는 노예에 지나지 않을 것이다. 지금 와서 지적하기에는 좀 늦었을지 모르지만, 이 후기는 당신을 위해 쓴 것이 아니다. 당신은 당신과 같은 종에만 충실하길 바란다.

자, 이야기를 하나 더 꺼내볼까. 어떤 남자가 어깨에 개구리 한 마리를 얹은 채 술집에 들어온다. 바텐더가 묻는다. 그거 어디서 났어요? 대답은 개구리의 몫이다. 뉴저지요. 수백만 개나 있던걸요?

개구리의 관찰 결과는 당신에게 큰 행운이다. 당신이 알고 있는 종이 당신과 같은 종 하나뿐이라면, 적어도 수백만 개나 있으니 말이다.

감사의 말

이 책에 담긴 내용과 관련해 타인에게 큰 빚을 지긴 했지만, 나와 같은 종인 '사람'에게 먼저 감사를 표하는 것은 초기 인류학 책들을 떠오르게 하므로 피하고자 한다. 도움을 준 동료와 식민지 관리들에게는 정중하게 감사를 전하면서도 정작 연구에 가장 큰 도움을 준 이들, 가령 말하고 행동하는 법을 가르쳐주고 자신들의 의식을 보게 하고 질문에 대답해준 참을성 있는 토착민들에게 감사를 표하는 것은 잊어버린, 인류학 저술들 말이다. 나는 이 가상의 인류학자들을 모방하고 싶지 않다. 그와 달리 나는 누가 내게 가장 큰 도움을 주었는지 알고 있다. 바로 개 열 마리와 딩고 들개 한 마리이다. 따라서 나는 그들, 그 가운데서도 누구보다 미샤와 마리아와 코키, 그리고 스웨시와 파티마와 비바에게 먼저 감사를 전한다.

하지만 어쩌면 지금 나는 초기 인류학자들과 비슷한지도 모르겠다. 인류학 현장에서 가장 큰 도움이 되는 이들은 종종 사회의 양극단에 있는 사람들이다. 지위가 높은 사람들은 주로 사회에서 주도적인 역할을 하기에 도움이 된다. 그들의 협조 없이는 아무것도 이루어지지 않는다. 지위가 낮은 사람들은 그들이 속한 사회에서 낙인찍힌 게 외부 조사자에게는 아무 문제도 되지 않기 때문에 도움이 된다. 외부인인 조사자는 편견 없이 그들과 가까워질 수 있는 것이다. 인정을 받고 우정을 쌓은 보답으로 그들은 조사자에게 정보를 제공한다. 흥미로운 일이지만 전 세계 거의 모든 곳의 사람들이 그렇게 행동하는 것처럼 보인다. 더욱더 흥미로운 점은 개들 또한 그렇게 한다는 것이다. 서열이 높은 개들은 자신보다 사회적 지위가 낮은 개들을 격리하며 인간을 독점하려 한다. 결국 그들에게 인간은 가치 있는 상품으로, 우승 트로피와도 같은 존재이기 때문이다. 하지만 인간은 개들의 서열을 식별하는 데 제대로 적응하지 못하고 서열이 낮은 개들을 다른 개들과 똑같이 친구로 삼곤 한다. 서열이 낮은 개라고 해서 지능까지 낮지는 않다. 낙인찍힌 개는 항상 상황을 즉시 이해하며, 인간의 높은 지위를 자신에게 유리하게 이용한다.

우리 마을에서 우두머리들은 미샤와 마리아, 코키, 스웨시, 그 후로는 파티마였다. 따라서 그들의 기여를 인정하고, 그 점에 대해 그들에게 감사함으로써 나는 초기 인류학자들이 했을 법한 일, 즉 권력에 아부하는 짓을 하고 있는 것이다.

그런데 비바는 어땠는가? 딩고 들개인 비바는 개와 비슷했지만 개보다 더 개다웠다. 개들이 눈에 띄지 않게 하는 일을 비바는 대담하게 했다. 그 결과 초기 인류학자들이 확보한 최상의 정보원처럼 비바는 다른 경우라면 놓쳤을 예상치 못한 것들을 많이 보여주었다. 가령 그중 하나는 개들이 자기 앞발과 뒷발에 대해 다르게 느낀다는 사실이다. 한번은 근처 호스에서 물이 뿜어져 나왔는데, 비바는 앞발을 하나씩 들어 털었지만 뒷발은 내버려 둔 채로 발목까지 잠기는 물에 그대로 서 있었다. 또 뭔가를 조작하는 데 앞발을 손처럼 사용했다.

나머지 개들과는 다른 족tribe이었던 비바는 그들로부터 고립되어 있었다. 고립됨으로써 지위가 낮았고, 그래서 외로웠다. 개의 사회에서는 나 역시 외부자였는데, 비바는 그 점을 알아차리고 때로 연대감을 보이며 내게 달라붙곤 했다. 한번은 새집으로 이사를 갔을 때 비바가 도망치거나 밴의 바퀴에 깔리는 일이 없도록 우리에 가둔 적이 있었다. 하지만 그는 수많은 낯선 사람의 모습과 갑작스러운 변화와 혼돈에 너무 상심한 나머지 이빨과 발톱을 써서 도망치려 했다. 그는 개가 심한 스트레스를 받았을 때 하는 행동을 보였다. 비바가 빠져나갈까 봐 두려웠던 나는 그가 만든 구멍을 막으러 갔다. 내가 무엇을 하려는지 알아차린 비바는 내가 막기 전에 그 구멍으로 빠져나가려고 정신없이 날뛰었다. 내가 머리와 어깨를 다시 안쪽으로 들이밀고 철사로 구멍을 수선하기 시작하자, 비바는 내 눈을 똑바로 쳐다보면서 어금니로 내 소매를 꽉 물었다. 그런 다음 온 힘을 다해 나를 뒤로 끌어당겼다. 어찌나 세게 끌어당겼는지 내 몸이 철사 구조물에 달라붙게 되었지만, 나는 구멍으로 빠져나가기에는 너무도 컸다. 그러자 비바는 끌어당기기를 멈추긴 했지만, 문 것을 놓지는 않았다. 그는 나를 우리 쪽으로 끌어당긴 채로 잠시 나를 쳐다보았다. 하지만 곧 자신의 계획이 실패로 돌아갔다는 사실을 인정했다. 비바는 마지못한 듯 천천히 입을 벌려 나를 놓아주었다.

비바의 모든 행동이 이해된 것은 아니었다. 적어도 인간에게는 그랬다. 예컨대 나와 함께 차를 타고 갈 때면 비바는 그 전에 그곳에 가본 적이 없는데도 우리가 언제쯤이면 목적지에 도착하리라는 것을 알았다. 도착할 즈음 그는 장시간의 지루한 잠에서 깨어났고, 눈에 띄게 환한 표정으로 창밖을 내다보았다. 자동차가 주와 주를 잇는 대로에서 벗어나 시골의 샛길로 접어들어 울퉁불퉁한 길을 달리는 것이 단서였다. 하지만 그것이 유일한 단서는 아니었다. 때로는 비포장도로를 수 킬로미터나 더 가야 목적지에 이르기도 했던 것이다. 여행이 끝나가면서 점차 좁아지는 도로에서 계속 방향을 트는 것 또한 단서가 되었다. 하지만 비바는 자동차가 방향을 틀기 시작하기 전에 목적지에 도착하게 되었다며 표정이 환해지기도 했다. 비바가 대체로 도착 시간을 정확하게 예측한다는 사실을 깨달은 나는 내가 뭔가 다른 얘기를 함으로써 단서를 제공하는 일이 없게끔 노력했다. 나는 내 감정을 숨기는 데 성공적이었다고 믿는다. 그럼에도 비바는 알았다. 하지만 비바가 어떻게 그것을 알아냈는지를 그가 말년에 이르기까지도 알 수 없었다. 개의 초감각적 지각이었을까? 그랬을지도 모른다. 하지만 한때 먼 거리에서도 코끼리가 서로 소통하는 능력을 두고 반 농담처럼 초감각적 지각 덕분이라고 한 적이 있다. 실제로 코끼리들은 소리의 세기는 크지만 주파수가 너무 낮아 사람들이 들을 수 없는 '장거리 전화'로 멀리서도 서로 소통한다. 하지만 사람들이 코끼리를 노예로 부린 것이 2500년도 더 되었건만 초저주파 불가청음에 대해서는 1983년까지 아무도 몰랐다. 따라서 필적할 대상이 없는 관찰자인 개들은 우리와 우리를 놀라게 할 세계에 대해 뭔가를 지각할 수도 있을 것이다. 주의를 기울이긴 했지만, 어쩌면 나 자신이나 자동차를 통해 비바에게 단서가 제공되었는지도 모른다. 그래서 나는 비바에게 언제나 많은 것들에 대해 고마움을 느끼지만, 그가 이 수수께끼를 보여준 것에 대해 특히 고마워하고 있다. 이는 아마도 우리가 동물들의 행동을 연구할 때 그들이 우리에게 제공하는 가장 전형적인 선물일 것이다. 비바 같은 동물이 없다면 우리는 우리가 무엇을 모르는지조차도 알 수 없을 것이다.

그 밖에도 많은 사람에게 빚을 졌다. 누구보다도 남편과 아이들, 그리고 비범한 반려인들인 피터 린치, 팻 스테릿 스토크스, 피터 토머스—그들의 협조와 관용 덕분에 이 연구 활동이 가능했다—에게 큰 빚을 졌다. 썰매견 팀을 꾸리는 법을 보여준 데이브 휴스턴과 그의 가족에게도 많은 빚을 졌다. 다른 누구보다 데이브에게 썰매견에 대해 많은 것을 배웠는데, 이 스포츠는 사람과 개 모두에게 커다란 즐거움을 주었다. 1940년에 젊은 수의사로서 내 첫 반려견을 치료해준, 작고한 포레스트 F. 테니 박사의 평생에 걸친 의술과 배려에 감사드리고 싶다. 훌륭한 의술과 우정과 연민을 보여준 마이클 마키 박사와 찰스 더바인 박사에게도 감사드린다. 믿기 어려운 일이지만 개들은 실제로 이 수의사들을 방문하는 것을 즐겼고, 그들과 약속이 있어 방문할 때면 머리와 꼬리를 높이 치켜들었다. 또 나는 우리 시의 행정위원이자 주의회 의원인 머트 다이어에게 감사한다. 최근까지 우리 동네 약사이기도 했던 그는 아주 친절하게도 파티마를 위해 특별한 형태의 인슐린을 소량 구해주었다. 아마 그 약국으로서는 손해인 일이었을지도 모르겠다. 그리고 그 인슐린을 구하는 데는 많은 수고가 따랐다. 환자가 동물이라면 그냥 인슐린을 구할 수 없다며 수고를 들이지 않는 편이 쉬웠을 것이다. 그럼에도 머트는 몇 달에 걸쳐 우리에게 필요한 인슐린을 구해주었고, 그 덕에 파티마는 살 수 있었다. 사라진 파티마를 찾는 것을 도와준 그레천 푸아송에게도 감사드린다.

이 책의 삽화를 그려준 재러드 윌리엄스의 작업뿐만 아니라 그가 관심을 가져준 데도 감사한다. 몇몇 그림에 영감을 준 사진들을 사용할 수 있게 해준 사진작가 피터 슈와이처에게도 감사를 전한다. 본문 편집자인 리즈 듀발이 보여준 완벽함에 언제나처럼 감사드린다. 원고를 읽고 탁월한 충고를 해준 작가 하워드 맨스필드와 사이 몽고메리에게도 감사한다. 사이가 동물들에 관해 쓰면서 그들을 자동인형이 아닌 개체로 표현한 것에 대해서도 감사를 표한다. 같은 맥락에서, 동물의 관찰력에 대한 통찰을 보여준 비키 헌에게 감사드린다. 개에 관한 그의 많은 책은 우리의 이해를 넓혀주었다. 내 에이전트인 아이크 윌리엄스와 발행인인 피터 데이비드슨에게 감사드린다. 두 신사는 재능을 다해 이 책에 세심한 관심을 기울였고, 같이 일하기에 아주 즐거운 사람들이었다. 그리고 마지막으로, 아마도 세상에서 가장 재능 있는 편집자일 밥 고트리브에게 감사를 전한다. 그의 넘쳐나는 열정은 나와 다른 많은 사람에게 힘을 주었다. 이 글이 책이 될 수 있었던 것도 밥 덕분이다.

아래 참고문헌은 이 책을 쓰는 데 내가 특히 빚을 졌다고 느끼는 고전들이다.

Ackerley, J. R., *My dog Tulip*, New York, Poseidon Press, 1965.

Beck, Alan, *The ecology of stray dogs: A study of free-ranging urban animals*, Baltimore, York Press, 1973.

Clutton-Brock, Juliet, *A natural history of domesticated mammals*, London, British Museum, 1987.

Crisler, Lois, *Arctic wild*, Boston, Little Brown, 1958.

Hearne, Vicki, *Adam's task: Calling animals by name*, New York, Knopf, 1986.

Mech, L. David, *The wolves of Isle Royale*, 'Fauna of the National Parks of the United States', Fauna Series No. 7, Washington, Government Printing Office, 1966.

________________, *The wolf: The ecology and behavior of an endangered species*, New York, National History Press, 1970.

Murie, Adolph, *The wolves of Mount McKinley*, 'Fauna of the National Parks of the United States', Fauna Series No. 5, Washington, Government Printing Office, 1944.

Scott, J. P., and J. L. Fuller, *Genetics and the social behavior of the dog*, Chicago, University of Chicago Press, 1965.

Zeuner, Frederick E., *A history of domesticated animals*, New York, Harper & Row, 1963.

옮긴이 **정영문**

소설가이자 번역가. 서울대학교 심리학과를 졸업했다. 1996년 「작가세계」에 장편소설 『겨우 존재하는 인간』을 발표하며 등단했다. 지은 책으로 장편소설 『핏기 없는 독백』 『바셀린 붓다』 『어떤 작위의 세계』, 중편소설 『하품』 『강물에 떠내려가는 7인의 사무라이』, 소설집 『검은 이야기 사슬』 『달에 홀린 광대』 『목신의 어떤 오후』 『오리무중에 이르다』가 있다. 1999년 동서문학상, 2012년 한무숙문학상, 동인문학상, 대산문학상을 수상했다. 번역에도 각별한 애정을 갖고 있어 『북회귀선』 『사랑을 말할 때 우리가 이야기하는 것』 『에보니 타워』 『내 러시아 할머니의 미제 진공청소기』 『자화상』 등을 옮겼다.

개와 함께한 10만 시간

초판 발행　2021년 5월 24일

지은이　엘리자베스 마셜 토머스
옮긴이　정영문
펴낸이　김정순
편집　조장현 김미영 허영수
디자인　김진영
마케팅　양혜림

펴낸곳　(주)북하우스 퍼블리셔스
출판등록　1997년 9월 23일 제406-2003-055호
주소　04043 서울시 마포구 양화로 12길 16-9(서교동 북앤빌딩)

전자우편　henamu@hotmail.com
홈페이지　www.bookhouse.co.kr
전화번호　02-3144-3123
팩스　02-3144-3121

ISBN　979-11-6405-107-6 03840

해나무는 (주)북하우스 퍼블리셔스의 과학·인문 브랜드입니다.